德国文学通识讲义

当我们彷徨又自由

【韩】洪振豪 ◎ 著

南晶惠 ◎ 译

中国出版集团　现代出版社

阅读古典文学的乐趣在于，
一旦沉迷其中便难以自拔。

自然科学
Natural Science

科学、数学、
化学、物理学、
生物学、天文学、
工学、医学

社会科学
Social Science

经营学、心理学、
法学、政治学、
外交学、经济学、
社会学

艺术
Arts

音乐、美术、舞蹈

文学
Literature

人文学
Humanities

语言学、历史学、宗教学、
考古学、美学、哲学、文学

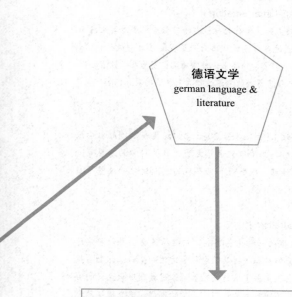

德语文学
german language &
literature

什么是德语文学?

　　作为一门研究德国文学与语言的学科，旨在正确理解西方文化的基础上，拓宽我们的文化视野。

　　本学科不仅研究与德国文学及德语相关的现象和理论，还探究对德国社会、文化、历史等的广泛了解。

在阅读本书之前　主要关键词

文学作品的解析（interpretation）

通常，文学价值高的文学作品往往在情节背后隐藏着其他内涵。将这些隐藏的内涵通过各种方式找出来并呈现给读者即被称作"解析"。解析对于理解一部文学作品来说非常重要，因为在多数情况下，这些隐藏的故事中包含了作者想要通过作品来表达的真正内容。

世纪转折时期

这个词专门指代 19 世纪末至 20 世纪初发生在欧洲的社会及文化剧变。它经常与工业革命、世界大战、自然科学的发展等一同被提及。在这一时期，人类观和世界观的巨大变化导致整个社会呈现出翻天覆地的新面貌。

自然主义（naturalism）

这是 19 世纪后期的一种文艺思潮，它继承了真实再现事实原貌的现实主义风格，同时积极接纳了对社会变化的全新认识和自然科学的思维方式。它还充当了从传统艺术流派过渡到现代主义的桥梁作用。它反对传统的理想主义和形而上学的思想，追求极端的现实主义，主张即使是人类和社会阴暗的角落，也要进行如实描绘。

唯美主义（aestheticism）

它是在世纪转折时期出现的众多文学流派中的一种。是指将艺术与美的价值视为绝对，认为艺术只能以艺术自身的标准来评判的文艺思潮。在同一时期，还有象征主义、印象主义、新浪漫主义、新古典主义等文学流派出现。

伊曼努尔·康德（Immanuel Kant）

德国启蒙运动哲学家的代表人物，对西方哲学的发展和德国近代文化的形成产生了深刻的影响。康德在德国文学发展上发挥的重要作用，不仅体现在德国文学是从理性主义为中心的启蒙文学开始真正得以发展，而且古典主义文学家均深受康德的影响。

弗里德里希·尼采（Friedrich Nietzsche）

德国古典语言学家和哲学家。虽然尼采是在去世之后才成名，但是他对欧洲的文学和艺术产生了非常大的影响。尤其是世纪转折时期的文学思潮将衰落的基督教以及欧洲文化作为主题，并树立了全新审美价值，尼采为这种思潮的诞生提供了契机。

成长小说（bildungsroman）

它是德国文学中颇具历史的小说类型之一，也被称作启蒙小说。是讲述一个少年在反复经历彷徨和挫折之后最终变得成熟的成长历程的小说，于18世纪末期由约翰·沃尔夫冈·冯·歌德（Johann Wolfgang von Goethe）创建之后，成为德国小说的一大潮流。

奇幻小说（fantasy fiction）

它是一种讲述颠覆自然规律的超自然事件的小说类型，首次出现于18世纪中期的英国。在反对以理性为核心思想的启蒙运动的浪漫主义时期，迎来了第一个鼎盛期。19世纪末20世纪初期，随着理性与科学获得巨大的进步，奇幻文学也获得了更加多元的发展，尤其在20世纪中期之后的大众文学领域成了一种主要文学流派。

目　录

镌刻在我人生中的一部古典文学

　　18—19 世纪在欧洲被公认为杰作的文学著作，均是在当时的欧洲社会文化背景下被大众评定为有趣且有意义的作品。但是，对于那些完全不了解当时社会文化背景的韩国读者来说，这些作品也能看作是有趣且有意义的吗？

　　这个问题是我在为首尔大学的公共选修课德语名著解读制订课程计划时最先浮现在脑海中的，也是这本书写作的契机。许多教授过不同层次学生的老师认为，在教授西方古典文学，如德国文学时，应当将歌德的《浮士德》（*Faust*）或是托马斯·曼（Thomas

Mann）的《魔山》（*Der Zauberberg*）等列为必读书目。然而，这些作品往往被学生看作是无趣又难以理解的。

这是因为，这些名著在叙述当时重要社会问题时采用的叙述手法，是被各自的时代认为有趣的。当然，在机缘巧合之下，现今习惯了各种精彩叙事方式的韩国读者也可能会觉得这些作品的情节颇具趣味。但是在多数情况下，对于生活在21世纪的我们来说，很难真正理解和掌握其中的乐趣和意义。

在这一前提下，对于介绍德语古典名著的人来说，如何让大家体会阅读德语名著的乐趣，或者怎样做才能让大家更好地欣赏德语名著呢，成了不得不面对的重要课题和需要解答的问题。

这本书从两个方面回答了这个问题：一是通过详细介绍作品写作时代的社会文化背景，让读者能够正确理解作品所讲述的内容；二是介绍了各种正确阅读和欣赏古典文学作品的方法。

为此，本书将四位德语作家的五部著作一一做了详细的解析。我们将要一起阅读的第一部著作是我们所熟悉的作家赫尔曼·黑塞的《德米安》(*Demian*, 1919)，第二部是德国古典主义文学的代表作家歌德的《少年维特的烦恼》(*Die Leiden des jungen Werthers*, 1774)。

如果说这两部著作对我们来说是耳熟能详的，那么接下来这位作家的作品对很多读者来说可能就不太熟悉了。出生于奥地利并活跃于 20 世纪初期的已故作家胡戈·冯·霍夫曼斯塔尔(Hugo von Hofmannsthal)的《第 672 夜的童话》(*Das Märchen des 672. Nacht*, 1905)虽然让读者感到陌生，但也将给读者们带来新的阅读古典文学的乐趣。最后要介绍的著作是弗朗茨·卡夫卡(Franz Kafka)的奇幻小说①《变形记》(*Die Verwandlung*, 1915)和更加荒诞又深奥的故事《乡村医生》(*Ein Landarzt*, 1918)。

这些著作每一部都具有迥然不同的鲜明特色，有

---

① 一般将卡夫卡的作品《变形记》《城堡》归类为荒诞派小说，揭露的是"资本主义社会中人在重重压迫下掌握不了自己的命运以致'异化'的现象"。——编者注

助于我们掌握通过不同的方式欣赏德语古典名著的方法。然而，仅仅通过这几部著作是不可能掌握适用于欣赏所有德语古典名著的通用阅读方法的。但是，这些著作可以帮助我们大致把握以现代人的视角去理解和欣赏德语古典著作，甚至西方古典名著的基本方法。

现今，在占用个人业余时间的众多内容中，文学，尤其是古典文学，显然正日渐失去竞争力。不用花费时间去思考就可以快速理解的快餐文学，在当前的文化产业中占据了主导地位；那些没有任何背景知识做铺垫就难以理解，还需要反复阅读才能掌握其真正含义的古典文学，不可避免地被认为是落后于时代的。

然而，古典文学并不仅仅是一个个有趣的故事，而是蕴含了对人生和世界严肃思考的文字，具有非常大的价值。只要你掌握了适当的方法，那么阅读古典文学就会变得非常愉快且充满乐趣。显然，这种乐趣与当前异趣横生的电影、电视剧、动画片、漫画或是网络小说等提供的趣味是截然不同的，但是你一旦沉迷其中，就很难从它带给你富有深度的乐趣和兴味中轻易摆脱出来。我希望这本书能够为读者找寻这些乐趣提供些许帮助。

本书收录了在首尔大学公共选修课上介绍的众多德语文学著作中的五部小说及其课程内容。在阅读相关章节之前，如果能够事先阅读这些小说，那么你在阅读本书时将会体会到更多的乐趣。

洪振豪

2021 年 2 月

第一章 ＿＿＿＿＿＿

那部书，

成了我生命中

不可或缺的一部分

我们无须去纠结《德米安》与"内在"的关系，这部著作想要分享的是那些在寻找人生意义以及自身价值的过程中彷徨无助的所有人的问题意识。《德米安》最让我们深受触动的时期通常是青春期或彷徨期，也是因为这是我们否定或因某种原因丧失所有的价值之后，没能找到新的价值来替代它们的时期。

《德米安》
永远改变了我的人生

与赫尔曼·黑塞命运般的邂逅

每个人都会面对决定人生的关键性时刻。对于一些人来说，这个决定命运的瞬间可能是在阅读一部小说的时候到来。德国摇滚乐坛传奇之一的乌多·林登贝格（Udo Lindenberg）便是如此。

林登贝格出生于第二次世界大战刚刚结束的1946年的德国小城格罗瑙，是德国第一代摇滚音乐人中具有代表性的一位。在当时的德国摇滚乐界，像德国的传奇摇滚乐队蝎子乐队（Scorpions）一样，很多歌手和乐队都用英语来演唱，林登贝格在其中就尤其显得特别。他用细腻而感性的德语歌词讲述日常生活中的故事，深受大众的喜爱。因此，林登贝格对黑塞的热爱在德国也是众所周知的。

他在黑塞的故乡卡尔夫每两年举办一次"赫尔曼·黑塞音乐节"。而且在2008年，还亲自将喜欢的黑塞的诗和散文集结成书，出版了一本名为《乌多·林登贝格——我的赫尔曼·黑塞》的选集。在这本书中，林登贝格写道：

每次读黑塞时，我都感到惬意。从很久以前开始，黑塞就陪伴在我的身边，如果没有他，我的人生想必会是另一个样子。在我小的时候，黑塞给了我很大的启发和刺激，让我确定了人生的方向。他对于军国主义、种族主义等一切残忍和非人道的行径所持有的态度，以及对于自己人生道路的思考——这些从小便吸引了我。因此，我觉得黑塞比任何作家与我的关系都更紧密。

18岁时，林登贝格第一次接触了《德米安》，之后在陆续阅读《悉达多》（1922）、《荒原狼》（1927）等书的过程中逐渐沉迷于黑塞。在他的成长经历中，最值得关注的是，他从青少年过渡到成年的过程中，黑塞在他记忆中留下的痕迹并未止步于青少年时期，而是持续不断地影响了他之后的人生。这莫非是因为黑塞的小说带给人以不可磨灭的深刻印象，或是因为黑塞的小说提供了改变人生的决定性契机，还是它们与非常重要的个人经历关联呢？

一边画线标注一边阅读《德米安》的原因

像林登贝格的例子一样，黑塞的小说不是单纯的"带给人乐趣和感动的故事"，而是与读者自身的生活融为一体，共同构成某个记忆，这样的情形在我们周围屡见不鲜。在三中堂文库的旋转式书架仍然立在书店收银台旁边的年代，在感性的随笔仍然拥有广泛读者的那个年代，曾有一本名为《然后什么话也没有说》（1966）的伤感随笔集出版。

这本书是作家田惠麟将自己在各种女性杂志上发

表过的随笔汇编而成的。这部随笔集在当时以及之后很长的一段时间被诸多读者广泛阅读，这不单单是因为作者田惠麟的个人经历——作为一位女性，在当时不仅能够就读首尔大学法学院，之后又留学德国，结果年仅 31 岁就因自杀身亡；她还以流畅、感性而思辨性的文字写成散文，为我们讲述了这个来自很时尚很遥远的德国的故事。她的故事将自己的生活融入了德国的社会、文化和文学中，莫名营造出了一种忧郁的氛围，充满了异国情调又极富魅力。田惠麟在这本书中多次提到黑塞，其中让人印象最为深刻的是一篇名为《两个世界》的随笔。

我的一位非常喜欢《德米安》的朋友，在大学二年级的某一天找上我，想要跟我借《德米安》这本书。她约定下周一一定还给我之后，借走了我那本画满了红色标注线的《德米安》。那个女孩是我的高中同学，是个像机器一样精准的模范学生，可是她在周一没有来找我。我没有多想，也没觉得她会出什么大事，以为她只是没能来找我罢了。直到半个月后我才知道，那时她已经死了，所以没能来。据说，直到死的那一刻，她还在读《德米安》。所以那本书也被一起带入了她的坟墓。①

在这篇随笔中，作者并没有解释为什么她会一边读《德米安》一边画着红色标注线，为什么喜欢《德米安》的朋友自己没有书而要去借阅，那个朋友为什么死，死的时候仍在读《德米安》意味着什么，朋友的死与《德米安》之间又有什么关联。仔细想想，这是一个很多事情不甚清楚或充满疑问的故事。但如果你是"经历过"《德米安》的人，就能在内心深处与这篇短篇小故事产生共鸣。

在文字下方画线标注，在书页旁边狭窄的空白处用芝麻粒大小的文字写下这样那样感想的人，难道只有田惠麟一个吗？因为在每一个如死亡般痛苦而彷徨的时刻，都从《德米安》中获得了安慰，因此一旦感

---

① ［韩］田惠麟：《然后什么话也没有说》，韩国民瑞出版社2013年出版。——译者注

到痛苦就将手一次又一次地伸向《德米安》试图寻求慰藉的，难道又只有那个过早结束生命的朋友吗？

也许，这个世界上许多《德米安》的读者都在分享自己人生中的某个重要时刻。而那些分享自己人生重要时刻的人，无须任何解释，都能够真正理解那个即使在迈向死亡之时仍在阅读《德米安》的朋友。对于他们来说，《德米安》不是书架上众多小说中的一部，而是与人生中最私密的部分密不可分的，甚至可能是他们过去人生的一部分。

有时一本书可以改变人生

我的情况也大同小异。初二的时候，姐姐将一本三中堂文库的书随意扔在桌子上让我看，正是这本书改变了我的人生方向。那时的我还痴迷于电子设备、计算机和编程，但是在读了这本只有手掌大小的书——《纳尔齐斯与歌尔德蒙》(*Narziss und Goldmund*，当时三中堂文库翻译的书名是《智慧与爱情》)之后，如同受到了当头一击——原来还有这样的一个世界！"我"是谁，人生是什么，死亡又是什么？这些一直萦绕在脑中却让我捋不清头绪的问题，似乎在这本书中找到了答案。

对于那些虽然嘲讽和无视从老师和父母那里学到的过时的生活态度和规范，却无法找到替代品的青春期少年来说，黑塞的声音是如此振聋发聩。虽然无法完全理解辛克莱和德米安的故事，但仅仅读他们之间关于思考人生和世界的一问一答都让我觉得兴奋异常，书中辛克莱从彷徨走向成熟的成长过程莫名地给了我极大的安慰。

"书中自有答案。"小时候的我这样想。然后在某一刻，我竟然就成了一名研究和教授德国文学的老师。

但是，作为一名德国文学研究者，我始终与黑塞和德米安保持着距离。无论是在韩国还是德国，黑塞都不像托马斯·曼或卡夫卡等同一时代的其他著名作家那样被广泛研究，而我自己也在其间被更加有趣的作家、作品和主题所吸引，一直没有对黑塞进行过学习和研究。

但是现在回想一下原因，似乎有另一个答案一直占据着我的内心。那可能是因为，我明白以学术的视角去研究文学作品意味着什么，因此不想把成为我人生一部分的作家和作品放入框架中进行分析和缜密解读罢了。也或许是想将我那段特别的过去原封不动地作为当时的记忆封存起来。又或者是我惧怕发现这样一个事实，就是当我以作家和那个时代的资料以及迄今为止的研究资料为基础，以一个研究者而不再是初中生或是高中生的视角去再次阅读作品时，发现我在小时候对作品的理解有误，而我又妄自被自己误读的内容感动和安慰，从而改变了人生方向。

但是，我无法永远逃避去面对这一刻，该来的总是会来。不久之后为了教学和演讲，我不得不重新阅读《德米安》。我对黑塞和《德米安》的热情真的是源于误解吗？不，在思考这个问题之前，更应该去探究正确理解文学作品到底意味着什么。

一句话中蕴含的"文艺"表达

让我们先来想象下面的场景：

男人将酒倒入女人握着的小玻璃杯。仿佛醉了似的将酒倒得溢出了酒杯。男人低着头，不敢去看女人的脸，说道：

　　"如果你喝了这杯酒，就算我们交往了哦。"

　　女人用略带挑衅的眼神看着男人，说道：

　　"如果我不喝呢？"

　　男人慢慢呼出了口气，仍然不敢去看女人的脸，回答道：

　　"那就一辈子不用再见了。"

　　这时男人才看向女人的双眼。女人睁大眼睛紧盯着男人的同时，举起酒杯喝酒。她将眼睛一闭，一口气喝光了杯中的酒。径自吻在一起的男人和女人。两人所在的路边摊在画面中渐渐被拉远。

　　这是被众多作品模仿的韩国电影《我脑中的橡皮擦》中的一个场景。在这个浪漫的场景中，男人给我们展示了通常被称为"文艺"表达的典型例子。

　　男人原本想要说的大概是："我喜欢你。你也喜欢我吗？我们交往吧。"但是这三句话中没有一句是能够轻易说出口的。众所周知，当你在不确定对方心意的情况下，向对方表白，或是询问对方是否喜欢你，或是提议交往，都是非常困难的事情。再加上即使幸运地恰巧女人也喜欢男人，也需要女人有勇气说出"我也喜欢你，我想和你交往"这种难为情的话，男人才能达成目的。

在这种说难则难、说易则易的情境下，男人只用一句漂亮话就解决了所有的难题。比起直言不讳地说出来，他用一杯酒来传达自己的心意。同时也让女人可以轻松地通过简单的行动来表达自己的意愿："如果你喝了这杯酒，就算我们交往了哦。"

如果你觉得男人的言行既浪漫又文艺，那是因为这个情境本身很美好。但是我们从另一个角度来分析的话，男人的话语也非常"文艺"。从表面来看，男人的话可以理解为"如果你喝了放在面前的这杯酒，那么我就可以理解为你同意我提出的交往的提议"，但是其中包含了更多的意思。

换句话说，男人通过这样一个简单的句子表达了非常复杂的内容："我爱你，但是我不知道你怎么想，所以很不好意思说出口。还害怕被你拒绝。因此，希望你通过喝酒这个行为来告诉我你的意愿。如果你喝了酒，我就会认为你也喜欢我。想必对你来说，直接同意或是拒绝也不是一件容易的事。说'同意'的话会很难为情，说'拒绝'的话也会很尴尬。所以，就通过是否喝下这杯酒来回应我吧。""文艺"表达就是指像这样将自己想要说的意思隐藏起来，通过另一种方式来表达更丰富的内容。

让我们再来看另一个例子：

厌烦看到我
而选择离去的时候
我会默默无言地送你离开。
我会将宁边药山上的
杜鹃花，
撒在你离去的路上。

离去的一步一步

请你轻轻地踏过

那些撒在路上的花朵。

厌烦看到我

而选择离去的时候

我即使死去也不会流泪。

这首诗是金素月的《杜鹃花》。这首诗中的"我"用凄美的语言表达了被爱人抛弃的心情。但是，如果你仔细思考每个词语和句子的含义，就会发现这首诗的怪异之处。

诗中的"我"被所爱之人抛弃了，反而要用花朵为厌弃自己的人铺就离去之路，甚至还表示绝对不会流泪。这与我们所了解的一般的离别之情就有些不同了。你会为一个无缘无故只是因为"厌烦"看到自己便离开的人用花朵铺就离去之路吗？更甚至于不是"不值得为这样的人而流泪"，而是再如何伤心，"也不会让眼泪阻拦你离去的脚步"？

说到这里，我们不得不思考，这首诗真正的内涵与字面表达的内容是否一致呢？也许这首诗所描述的并不是我们日常所经历的离别，又或许它描绘的是韩国传统文化中经常出现的"恨"①。那么，诗中的"我"可能就与诗人男性的性别不同了，是通常传统文化中"恨"的主体——女性。

　　我们还可以从另一个角度来解读这首诗。为什么"我"要在那人离去的路上撒上花呢？难道只是单纯为了装饰离去之路吗？也许"宁边药山上的／杜鹃花"才是诗中"我"的爱情？如果是这样，"请你轻轻地踏过／那些撒在路上的花朵"是不是想要让对方踩着自己受伤的心灵，知道自己的内心是多么痛苦之后再离开的意思；又或者想要表达的是，如果无法践踏我的心意离去的话，那么就干脆不要离开呢？

---

① 韩国传统文化中的"恨"的含义：心中充满怨恨、委屈、惋惜、悲伤等情感堆积而成的复杂情感。（译自《标准韩语词典》"恨"词条的解释）——译者注

"仔细阅读"寻找隐藏的乐趣

虽然我们没有必要在这里讨论哪一种解析最贴近作者的想法，或是哪一种更加恰当，但我们要清楚的是，一部文学作品，无论它是一首诗，还是一部小说，或是一出戏剧，在表面故事的背后都可能隐藏着其他的内涵。故事情节就是全部内容的小说虽然也有不少，但通常备受推崇的文学作品，尤其是那些被称为"经典"的作品，往往在故事情节背后隐藏着其他内涵。因此，正确地理解和欣赏古典文学是从寻找隐藏的内涵，也就是仔细阅读和思考，即所谓的"解析"开始的。

事实上，即使是没有任何文学知识或教育背景的人也能够进行这样的"解析"。正如前面我们介绍的电影场景一样，就算不去作特别的说明，任何人也都能够理解男人的话语中所隐藏的含义，因为我们已经在"解析"那个场景了。但是在大众电影或是小说中，这种将真正的故事隐藏起来，使得观众或是读者需要通过更加复杂深入的"解析"才能理解其内涵的做法是非常危险的。因为能够找到含义的观众或是读者越少，作品在商业上获得成功的可能性就越低。

因此，现今将商业上的成功作为目标的大众电影、电视剧、动画片等都致力于传达有趣的情节，让观众无须进行特别的解读即可轻松理解。即使他们想要给观众传达一些信息，也更倾向于直接表露而不是隐藏它。对此习以为常的观众和读者们，更习惯于欣赏无须解读就能理解的剧情，偏好不用过多思考所看所读，单纯追求速度和量的消费方式。而这种消费方式塑造出的观众和消费者的品位，又进一步助长了不做解读只消费情节的文化更趋于商业化。

这使得现今很多读者在阅读需要通过解析才能享受其真正乐趣的文学作品时，就会面临难题。也因此，许多被称为"经典"或是"名著"的文学作品，被当今的读者们认为是枯燥乏味的。难以理解经典和名著，尤其是西方经典著作的原因就在于，解析这些作品对如今的韩国读者来说并非易事。

"解析"文学作品的第一步，就是要认识到在情节背后隐藏着其他的内容这一事实。一旦我们知道"有什么是被隐藏起来了",那么即使我们无法一下子发掘出全部内容,也可以将它们一点一点地找出并加以拼凑。在这一阶段,最重要的就是仔细阅读。有时,通过细微的差别或是一个耐人寻味的词语,我们也可能找出情节背后隐藏的内涵,而有时候也可能整部小说就是一个巨大的象征。要想发现这些,你就不能仅仅了解大概的故事情节,而是需要仔细阅读每一个词语和句子。

在解析作品时,了解作者和作品的相关信息与仔细阅读作品内容同样重要。故事情节背后隐藏的信息必然是与作者的个人生活经历或所处的时代息息相关的。因此,如果你了解作者的生平以及他生活过的时代和地区的社会文化生活,就更容易找出其中隐藏的内容。甚至在某些情况下,如果你不了解这些信息,就无法解析作品。

在这种情况下,我们作为读者唯一能掌握的只有情节。如果这恰好是一部情节平淡无奇的作品,那么我们不仅无法欣赏作品，更无法去正确评判作品的价值。事实上，现今的读者已经习惯了电影、电视剧、漫画和动画片等呈现给我们的具有强烈冲击性的令人震撼的情节，很难从基于现实的一般小说获得同样的乐趣。这就是为什么我们在阅读西方名著时常常倍感艰难。

"既然是西方文学经典，那么就肯定是一部优秀的作品。但为什么我在读过之后，不仅没有体会到乐趣，就连阅读本身都让我觉得艰难万分。难道这是我的问题吗？"想必每个人在阅读名著时都至少有过一次这种想法。但是，我们并没有错。当然，问题也不是出在西方名著上。如果一定要追究责任，那么想必是那个没有告知提前了解作家和作品相关背景知识的必要性，却将"西方名著"作为"一生必读书籍"介绍或是强迫他人去阅读的人。

从这个角度来看，那些引导初高中生在毫无准备的情况下去阅读西方文学经典著作，或是仅仅把西方经典小说的故事情节进行概括并制作成童话书让孩子阅读的行为，都是非常愚蠢的。以这种方式接触名著的孩子们，会先入为主地认为经典名著都是无趣且难以理解的，长大之后很有可能会远离经典名著。

然而，并非所有的西方经典名著都需要具备背景知识才能理解。比如我们将要在后面的章节中仔细讨论的卡夫卡的作品，现今仍然让很多韩国读者看得津津有味。这是因为贯穿卡夫卡文学作品的问题意识，即一个生活在现代资本主义社会中个人的异化，在当今韩国社会中仍然是对个人生活起决定性作用的问题之一，正如卡夫卡作品创作的 20 世纪初期的欧洲一样。

我们没必要为了理解《变形记》的主人公格里高尔·萨姆沙感受到的被孤立，而去了解卡夫卡的生平或是当时欧洲社会文化状况。但是，有一点可以肯定的是，当你具备这些背景知识时，能够从不同的角度去阅读作品，并发现其他人不能轻易从中找到的隐藏的意义。

黑塞的《德米安》也是如此。我们通常在阅读这本小说时，只知道黑塞是一位德国作家。但如果你不仅仅是了解故事情节，而是按照自己的方式去解析德米安给年幼的辛克莱讲述的该隐和亚伯的故事之后，就能够理解小说中反复出现的"通向自己内心的道路"。做到这些，就足以让我们充分享受作品并获得深深的感动。

但是，我理解的内容是黑塞想要传达的吗？也许黑塞想要通过德米安和辛克莱的故事讲述另一个当代读者想象不到的故事呢？

为了回答这个问题，也为了依照作者的构想更加深入地了解《德米安》，我们需要以黑塞和他所生活时代的德国的信息为基础来解析《德米安》。现在，就让我们正式去寻找黑塞在《德米安》一书中描绘的"通向自己内心的道路"吧。

"上帝已死"
新世界观的诞生

要么就当个作家，否则就什么也不想当

黑塞于 1877 年出生在德国南部一个叫卡尔夫的小城。他的父亲约翰内斯·黑塞是一名传教士，他的母亲玛丽·黑塞作为传教士之女，对信仰也非常虔诚。1891 年，黑塞遵从父母想要他成为一名神职人员的意愿，进入莫尔布龙修道院经营的神学院学习。

这所纪律比较严格的学校，并不适合天生喜欢自由的小黑塞。据当时任教的老师们说，黑塞是一个自由自在、性格固执且精力充沛的学生，非常难驾驭。结果，无法适应学校严苛生活的黑塞擅自逃离了学校，甚至还曾企图自杀。当时，他年仅 14 岁。尽管度过了如此艰难的青少年时期，黑塞对自己的梦想却有着清晰的认识。从小就在写作和绘画上表现出了杰出天赋的黑塞，立志"要么就当个作家，否则就什么也不想当"。

实现这个梦想并没有花费黑塞很长的时间。1896 年，在黑塞 20 岁的这一年，他的诗《麦当娜》（*Madonna*）刊载在奥地利维也纳发行的一本杂志上；在即将迈入 20 世纪之际，他的第一部诗集《浪漫主义之歌》（*Romantische Lieder*）于 1898 年出版；随后散文集《午夜后的一小时》（*Eine Stunde hinter Mitternacht*）也在 1899 年出版。然而，让黑塞作为一名作家为世人所知的作品，是 1904 年出版的小说《彼得·卡门青》（*Peter Camenzind*）。这部由著名的菲舍尔出版社出版的小说成功地为黑塞成为一名全职作家奠定了基础。而后，根据他在莫尔布龙神学院的经历写成的小说《在轮下》（*Unterm Rad*）在 1906 年出版之后，进一步巩固了他的作家地位。

1914 年第一次世界大战爆发之初，黑塞就申请了自愿入伍。但曾经因为视力不佳而被免除过兵役的黑塞，这次也因健康问题未能成行。黑塞在后来也许会庆幸自己没能当上军人。此后的几年，在目睹了战争的残酷之后，黑塞成了一名坚定的反战主义者。

对待疯狂时代的态度

第一次世界大战爆发之时，大多数的德国知识分子都对此表示了欢迎。这是因为人们相信，这场战争将会终结自 19 世纪中期以来席卷了欧洲的社会、政治、宗教和外交方面的混乱局面，并带来新的秩序。黑塞起初也和许多德国知识分子一样对战争起到的作用持肯定的态度，认为战争将开创一个新的时代。然而，当德国音乐在法国被禁止，敌对国家的文学作品在德国不再允许被翻译或承认时，他的想法发生了变化。他发表了文章《啊，朋友，不要这般腔调！》（*O-Freunde, nicht diese Töne*，1914），批判曾被恶意用作战争驱动力的种族主义侵蚀文化和艺术领域的情况。

这篇文章让黑塞成为众矢之的，他不仅收到了许多德国人的抗议信，还遭到了德国媒体的猛烈抨击，而且被很多朋友背弃。但这些攻讦都没能改变黑塞的想法，反而让他在之后成了一名更加坚定的反战主义者。历史上首次大量使用了大规模杀伤性武器的第一次世界大战，并没能如最初预期的一样在短时间内结束，而是持续了超过四年之久，仅在德国就造成了620万人负伤和200多万人的死亡。对人类抱有真挚情感的黑塞，精神上无法容忍这一点。

黑塞不被主流观点所左右的态度，即使到了纳粹势力急剧扩张的20世纪30年代初期也没有任何改变。虽然在纳粹极具威胁性的恶行疯狂席卷德国时，不可能公开反对纳粹，黑塞仍然通过为犹太作家和其他受纳粹迫害作家的作品撰写并发表书评的方式，表达了自己的立场。虽然他的作品在纳粹时代并没有被正式禁止，但从1936年开始，黑塞就被德国列为"不受欢迎的"作家。

从第一次世界大战开始到纳粹统治时期，黑塞因对战争和种族主义坚持不懈的批判态度而不断遭受媒体的攻击，使得黑塞在德国被迫沦为边缘人。当黑塞的晚年巨著《玻璃球游戏》（*Das Glasperlenspiel*）在1946年获得诺贝尔文学奖时，并没能在他的祖国引起多大的反响，而且直至20世纪50年代，黑塞的作品仍然备受贬低，都与此密不可分。自1919年以来一直居住在瑞士的黑塞，不论在地理位置上还是在精神上，至少对于主流德国人来说都是一个永远的异乡人。1962年，黑塞在瑞士美丽的小城蒙塔诺拉辞世。

《德米安》引导你走上通往自己的内心之路

纵观黑塞走过的道路，几个贯穿他人生的关键词——彷徨、抵抗、漂泊等，非常引人注目。这些从他的早期作品——描写一个在强压式教育下痛苦呻吟的少年的《在轮下》，到讲述为了寻找人生意义而彷徨和漂泊的少年们的《纳尔齐斯与歌尔德蒙》《悉达多》《荒原狼》，以及晚年巨著《玻璃球游戏》等小说中都体现了出来。

在1919年黑塞以笔名"辛克莱"出版的长篇小说

《德米安》中，也讲述了主人公辛克莱在经历了多次的彷徨之后寻找到自己人生道路的故事。《德米安》在讲述成长故事这一方面，遵循了德国文学上历史悠久的"启蒙小说"的传统。启蒙小说，或被称作成长小说，在德国文学之父歌德的长篇小说《威廉·迈斯特的学习时代》（*Wilhelm Meisters Lehrjahre*，1795/1796）中创造出了第一个模型，之后跻身为德国小说的主要流派。这类小说讲述的是平凡的少年在反复经历各种彷徨和挫折之后，在他人的帮助之下逐渐变得成熟的成长故事。

可以说，也正是因为这种传统，德国小说给人的印象似乎总是包含了诸如探讨人生问题之类深奥难懂的内容。《德米安》的主人公，天真烂漫的少年辛克莱，起初也是得到了德米安的帮助，之后又受助于皮斯托留斯和德米安的母亲埃娃夫人，最终成长为一个不需要任何人的帮助也能不断自我发展壮大的成熟之人。

这个成长过程同时也是一段辛克莱的认知发生变化的旅程，使得他最终发现如果想要理解世界的本质以及"我"的本质，就需要倾听自己内心的声音。同时，这也让辛克莱认识到在善良和温暖的家庭温室之外，还存在着黑暗和邪恶的世界，他要肯定并接受这两个世界，并最终认识到这两个世界也存在于自己的内心。

在描述这段旅程的过程中，黑塞强调我们需要不断地审视自己的"内心"并倾听"内心的声音"。这也是为什么从这部小说出版的20世纪初期到现在，无数彷徨的年轻灵魂被《德米安》深深吸引。在无法判断什么是对什么是错，什么值得什么不值得，不清楚人生和价值所有判断标准的彷徨时期，没有任何慰藉能像发现这个事实那般美好，那就是这些问题的答案并不在外界而是在自己的内心，不是由其他人提供而是它们本身就存在于看起来微不足道的自己的内心之中。

但是，到底是什么让黑塞如此执意地要求我们走进内心，倾听内心的声音呢？

先于我

战胜了彷徨和痛苦的人

辛克莱的成长所代表的意义

《德米安》如实反映了黑塞度过的转折时期的欧洲时代形势。《德米安》写于第一次世界大战期间，这个代表着彻底告别了过去的时代，也意味着迎来了现代世界秩序痛苦诞生的时期，并于 1919 年出版。换句话说，《德米安》是一部在核心价值的真空状态不得不被打破、新的世界即将诞生之际出版的小说。

这部小说的主人公辛克莱，从小就被德米安教导，让他不要被传统世界秩序所束缚，从而将世界区分为善和恶、高尚世界和低劣世界、宗教世界和世俗世界。

在青少年时期，他受到燃起的、本能的自然欲望所吸引而备感彷徨之时，再次与德米安和内心中真正的自我相遇。后来，通过与曾是神学家的皮斯托留斯交流，了解了善与恶，即不排斥任何事物、蕴含着人类完整本质的阿布拉克萨斯神，从而认识到了完整的人存在于每一个人的内心深处。

最后，他通过与德米安的母亲埃娃夫人，即创世之初的第一个女人，也是世界所有人类的母亲"夏娃"（"埃娃"是英语"Eva"的德语译名）的相遇，成长为一个无须他人帮助就能倾听自己内心声音，并且踏上自己内心道路的成熟之人。

辛克莱的这种成长传递了一个信息，那就是我们需要摆脱那个区分了善与恶，并以伦理、宗教、习俗所定义的传统价值体系，要将存在于"我"内心中的某个东西作为人生的标准。从这一层面来说，《德米安》对当时必须克服传统基督教的世界观，创造新的人类观和世界观，以及新的价值体系的时代形势做出了积极的回应。

那么，小说中反复出现的"存在于所有人类内心中的人类完整本质""内心的声音""通向自己内心的道路"具体意味着什么呢？辛克莱在小说开头这样说：

我所渴求的，无非是将心中脱颖而出的本性付诸生活。为什么竟如此艰难呢？[1]

读了这句话，就让我们感到心潮澎湃了。那些虽然拥有梦想，却因为现实条件的限制无法去追逐梦想的年轻人，还有那些突然醒悟到一个可悲事实的中年人——自己儿时曾拥有过梦想，却在过往庸庸碌碌的生活中被遗忘。我想，能够轻松略过这句话的幸福之人并不会很多。但是"我自发的本性"是否就意味着这样的梦想，那个因为种种现实问题而埋藏在我们内心深处纯粹的愿望呢？阅读《德米安》关于"内在"

―――――――――
[1] ［德］赫尔曼·黑塞：《德米安：彷徨少年时》，丁君君、谢莹莹译，上海人民出版社 2014 年出版。——译者注

的其他段落之后，却感到似乎并非如此。

通过特定的线索享受解析的乐趣

黑塞在整部小说中处处谈及"内在"。虽然并没有具体或是系统地对其进行说明，但大体指向同一个方向。我们的"内在"在书中有时被描述成生活在我们体内的"原始冲动"，有时则被描述成"在我的血液中发出的那声教诲"。而审视自己内在的德米安则将其描述成"远古的、动物般的、石头般的、美丽而冰冷，虽然已经死去却又隐秘地充满了前所未有的生命"。与内在或是内在的声音相关的内容在《德米安》中被描述成是自然的、原始的、无时无刻或是永恒的，又或是充满自然生命力的。这是黑塞想要告诉我们，位于人类内在的我们的本质，是超越于我们的意识和时间存在的自然本质。

如果回想一下我们前面讨论过的 19 世纪后期的形势，这个观点就不太令人惊讶了。随着基督教的世界观和人类观的崩溃，以试图将人类作为自然现象去理解的当时视角来看，从内在寻求我们的"自然本质"这一观点算不上新鲜。但是，跟随内在的声音，并将自然本质作为人生标准又意味着什么呢？

对此，黑塞并没有具体加以说明。只是通过辛克莱和德米安的语言和思想，进行了"文艺"描述。因此，读者们只能通过小说中给出的线索结合作品以外的信息来"解析"黑塞想要表达的意思。例如，我们可以从下面这段内容开始试着这样做出解析：

……桌子上摆着几本尼采的书。我跟尼采一起生活，感受他心灵的孤寂，体察那不断驱赶着他的命运，和他一起忍受煎熬，看到这样一位毅然走自己路的人，我觉得很幸福。[①]

因爱上贝雅特丽齐而痛苦彷徨的辛克莱，突如其来地提到了尼采。在这本书中被如此提及的真实人物

[①] ［德］赫尔曼·黑塞：《德米安：彷徨少年时》，丁君君、谢莹莹译，上海人民出版社 2014 年出版。——译者注

除了尼采别无他人，因此更加引人注目。这暗示了尼采在辛克莱内心成长的过程中，即在辛克莱寻找内心的道路上具有特别的意义。

贯穿黑塞、尼采和叔本华的哲学

尼采常常被称为代表 19 世纪末 20 世纪初"人生哲学"的哲学家，其哲学来源于阿图尔·叔本华（Arthur Schopenhauer）的世界观。叔本华把人的生活视作苦难。人的生活中虽然充满了欲望，但由于这些欲望永远无法得到满足，因此人类只能一直生活在痛苦之中。但是这种欲望并非来自个人。

人类个体只是世界根本意志，即构成世界根源的巨大欲望，在其实现的过程中分化为个体化的实体，因此支配着我们的欲望也仅仅是世界意志的个体化表现。在这种世界观中，人类个体不再是一个独立的存在，而只是世界这个浩瀚大海中的一抹浪花。所有人既是个体，同时也是与整个世界密不可分的存在。

对叔本华来说，没有任何办法能够完全摆脱痛苦。

我们需要认清一个事实，那就是我们作为世界意志的个体化存在，将永远无法摆脱把我们推向痛苦的欲望，当我们脱离个体层面，达到能够用纯粹直观去认识世界和事物之时，才能够超越人生的苦难。

叔本华还认为，通过艺术体验，即使是暂时的，但也能够摆脱这种痛苦片刻。建筑、雕塑、绘画、文学和音乐，以它们各自的方式，使我们认识到世界唯一的根本存在和构成世界现象的根本内容是意志。因此，艺术能够帮助我们从生活的痛苦中解脱出来。

尼采的第一部主要著作《悲剧的诞生》(*Die Geburt derTragödie*，1872）正是始于这一观点，即通过艺术克服生活的可能性。根据尼采的说法，古希腊人深知生活是痛苦的。奥林匹斯山作为众神居住的世界，也是能够忘却生活痛苦的另一个世界，而酒神节则是为了摆脱痛苦而进行的祭祀仪式。在祭祀酒神和陶醉之神狄俄尼索斯的仪式上，希腊人得以跨越个体化所造成的个体间界限，聚集起来与原始的自然再次融为一体，从而摆脱生活的痛苦。

根据尼采的说法，古希腊悲剧是一种可以让狄俄尼索斯的祭祀仪式与阿波罗的艺术形式相结合，让人们摆脱生活痛苦的理想艺术形态。

叔本华和尼采对世界原理的认识或是通过艺术克服人生的观点是无法在《德米安》中找到的。但是每个人作为世界或是总体的自然个体化的存在，只有脱离个体化状态回归自然，才能摆脱生活的痛苦这一基本思想，与《德米安》中体现的黑塞的人类观是一脉相传的。人类虽然是个体化的存在，但是从根本上来看是自然的一部分，是与总体的世界密不可分的，或是我们认为的"我"这个个体是渺小而无力的存在，但是作为自然中的一种存在，在我们的内心深处却拥有整个世界。这种微观宇宙思想将黑塞与尼采和叔本华连为一体。

德米安对永恒漂泊者的安慰

德米安正在倾听的，辛克莱想要听到的"内心的声音"，就是这个作为整体的世界的声音，也就是自然的声音。而它们想要走上的"通向内心之路"正是摆脱作为个体存在的"我"，回归到没有善恶之分，也没有伦理和文明存在的根本的自然之路。接下来，德米安这样说道：

可我们是由世界的全部构成的，我们中的每一个人，就像我们的身体包容了一切发展的谱系一样，可以追溯到鱼，追溯到更久远的从前，我们的灵魂中包容了所有人类灵魂的生命。[1]

存在于我们内心的不仅仅是单纯的自然本质，而是囊括了从所有生命开始的初始时期到现在这一瞬间人类实现的生物进化，以及伴随它的精神活动的世界整体。我们的体内拥有世界，因此我们每一个人都是宝贵的。

---

[1] ［德］赫尔曼·黑塞：《德米安：彷徨少年时》，丁君君、谢莹莹译，上海人民出版社 2014 年出版。——译者注

但是，由于这一切本质首先是超越意识而存在的，因此如果我们不付出努力就无法认识到它。当我们看向内心，能够完全倾听内心的声音时，我们最终就能够看到存在于我们内心的、超越时间的世界整体，可以感受到"知道一切，想要做一切，能够将一切都做得比我们自己更好的人"，"运行于我们的心灵和自然中的不可分离的神性"。

因此，我们只有顺从内心的声音，而不是顺从哲学或宗教、伦理或习俗等外在的指导或命令，才能过正确的生活。"远离自己是一种罪过"，这就是为什么只有"像乌龟一样，能完全蜷进自己的内心世界"才是实现正确的人生。觉醒之人的义务只有一项，那就是"找到自我，固守自我，沿着自己的路向前走"。

在传统的宗教世界观、人类观和价值体系已经失去力量的时代，德米安的指导可以看作一种在我们内心而不是一切变得不确定的外部，寻找核心价值体系的努力。此外，存在于我们内在的正是整体的世界，以及作为人类本质的自然这一观点表明，黑塞积极回应了当时的新人类观，并试图将人类看成自然现象。

"你的心里有一个世界"

如果我们从时代背景着手去阅读《德米安》，我们可以大致正确地理解黑塞的意图，至少在大框架上是这样。在了解了这么多之后，揭露真相的时刻终于要到来了。

即使在不具备任何背景知识的情况下去读《德米安》，我们也会深受感动和安慰。那么，当时的我们正确理解了《德米安》吗？初中二年级的我，一个在当时对德国以及黑塞一无所知的小读者，是否正确理解了黑塞的这些想法，为其感动，进而决定了人生道路呢？

当然不是。我完全理解错了《德米安》，在恣意解析和误解之下，我随心所欲地受到了感动。也许在学习德国文学期间，一直避开黑塞是正确的；或许让过去的美好回忆原封不动留作回忆会更好。但是，我们随心所欲地阅读、解析《德米安》并从中获得的感动难道就是没有价值的吗？我应该为自己因误解而做出的决定感到羞愧吗？

我并不这么认为。无论是戏剧还是小说，或是诗歌，这些在几十或数百年前写下的过去的文学或是以文学形式表达的对于人类、世界和生活的思考，之所以至今仍带给我们以感动，是因为我们与这些作品共存着问题意识。我们无须去纠结《德米安》与"内在"的关系，这部著作想要分享的，是那些在寻找人生意义以及自身价值的过程中彷徨无助的所有人的问题意识。《德米安》最让我们受触动的时期通常是青春期或是彷徨期，也是因为这是我们否定或是因某种原因丧失所有的价值之后，没能找到新的价值来替代它们的时期。

"要将自己作为价值的标准"，这个黑塞想要向所有面对这些问题的读者传达的信息，必将给人留下深刻的印象并带给人以极大的安慰。

黑塞所处的时代可以看作欧洲现代文明的青春期，而揭开这个时期寻找黑塞人生意义所付出的努力，与正在经历青春期或是彷徨时期的所有人的努力是基本相同的。因此，即使"内在"的含义并没能完全按照黑塞的本意进行传达，但是包含了黑塞真诚努力的《德米安》，在今后也仍然会给众多的青少年和彷徨的灵魂带来感动和安慰。

　　有人先于我战胜了彷徨和痛苦，他告诉我要相信自己而不是别人，要倾听自己内心的声音而不是别人的声音！

　　可以说，即使黑塞发现自己的作品被误解，他可能也会像德米安对辛克莱那样，面带宽容的微笑，说："所以爱自己，继续倾听你内心真实的声音。你的心里有一个世界，你是如此珍贵，任何东西都无法换取。虽然我们站在不同的位置，望着不同的地方，但只要我们遵循我们内心真实的声音，努力找寻正确的道路，最终我们都会走在同一条路上。"

　　在读《德米安》的时候，哪怕只是片刻，我们都会觉得我们的内心有无限的可能，我们是独一无二的宝贵存在，同时也是世界的中心。这不就是黑塞通过《德米安》展现出来的真正人性化的"人类"的样子吗？不管我们有多少误解，《德米安》留给我们的感动和安慰总不会有错。

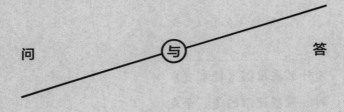

问 与 答

在西方文学中，德国文学
独有的特点是什么呢？

　　通常来说，德国文学以其思辨和哲学
的内容而不是充满趣味的情节而闻名。如
果我们单论那些具有代表性的作家的作品，
很难说这种评价有什么不对，但是与其他
国家的文学一样，德国文学在数百年的历
史中培养出了无数风格各异的作家，因此
很难找出一个能够涵盖所有时代和所有作
家的特点。尤其是西方各个国家的文学发
展至今，都是在互相影响下发展起来的，

因此更加难以对某个特定国家的文学所具有的特点予以定论。

为什么在出版《德米安》时，黑塞使用的是"辛克莱"这个笔名呢？

让实际存在的人物作为叙述者登场，能够让虚构的故事看起来更加真实，这是在任何国家的文学中都具有悠久传统的叙述策略。我们在给朋友们讲恐怖故事时，经常假装成是我们自己亲身经历过的事情，而不是别人的经历，因为这样说会收获更大的效果。这样想可能就更容易理解黑塞的做法了。黑塞也试图让书中的人物辛克莱替代自己担任作家，让读者们将《德米安》的故事想象成真实的故事而不是虚构的。此外，黑塞曾在一次采访中表示，之所以用辛克莱来署名，是不希望读者将《德米安》看作是一个老叔叔讲述的老掉牙的故事。因为黑塞在当时已经通过《在轮下》等作品成了知名作家，因此希望读者们能够不带成见地阅读《德米安》。

为什么像《德米安》这样的启蒙小说、成长小说流派在德国文学中占据了如此重要的位置？

与用韵文写成的诗歌或是戏剧相比，用散文写成的小说作为一种文学体裁直至19世纪才受到尊重。在德语世界，是歌德克服了人们对小说的负面评价，使其作为一种正规的文学体裁得到了认可。他通过《少年维特的烦恼》，尤其是《威廉·迈斯特的学习时代》向人们展示了即使以散文体写成的小说也可以成为高水平的文学作品。之后,《威廉·迈斯特的学习时代》成了小说的典范。在这一过程中,平凡青年威廉·迈斯特通过自己不懈努力和身边人的帮助,成长为一个成熟之人的情节也成了德国小说的典型故事模板。黑塞的《德米安》就是这种成长小说的典型例子。

第二章 _____

没有一句话是

无的放矢的

——歌德《少年维特的烦恼》

《少年维特的烦恼》中让人惊讶的是，隐藏在每一层的故事既不会相互干扰也不会相互矛盾，而是形成了一个和谐的整体。你可以像剥开一层一层的洋葱皮一样享受阅读它的乐趣，也可以将它作为一个故事来欣赏。

献给那些

因爱而不得而痛苦的人

是"痛苦"而非"悲伤"

约翰·沃尔夫冈·冯·歌德的《少年维特的烦恼》是一部知名度不亚于《德米安》的德国小说。但是，在韩国却被翻译成了《少年维特尔的悲伤》这个有点误译的书名。

这部出版于 1774 年的古老小说的德语原名是 *DieLeiden des jungen Werthers*。如果将它直译成韩语的话，就成了《少年维特额的痛苦》。首先，从实际发音来看，"Werther"这个名字按照韩国国立国语院的外来语标记法中"尾音的'r'和'-er［∂r］'需要写作'额［∂］'的规范，翻译成"维特额"才是对的。此外，"Leiden"一词是"痛苦"的意思，如果按照原书名正确翻译的话，也应该翻译成《少年维特额的痛苦》。但是这本小说的书名是如何被翻译成《少年维特尔的悲伤》的呢？

大概"维特尔"这个翻译是受到了外来语标记法被创建之前惯用的日语式标记习惯的影响，而"悲伤"这个翻译也许是依照了英语的翻译（*The Sorrows of Young Werther*）。这部小说也曾被翻译成《少年维特尔的愤怒》《少年维特尔的苦恼》等，这似乎是受到了日语翻译（『若きウェルテルの悩み』）的影响。考虑到在韩国较为缺少德语译者的时期，也曾出现过将德语作品的英语译本和日语译本进行再翻译之后出版的情况，也就不难理解为什么会出现这种书名的误译了。

但不管怎样，《少年维特尔的悲伤》这个书名无疑是一个受日语式标记法和英语翻译双重影响的令人困惑的译名。万幸的是，以《少年维特额的痛苦》① 这个正确的翻译出版的译本正在陆续出现，因此熟悉却是误译的《少年维特尔的悲伤》也许会逐渐消失。当然，改变"维特尔综合征"的概念，或是改编自歌德作品的音乐剧和歌剧名字中的"维特尔"，似乎需要更多的时间。

依然充满魅力的、250 多年前的爱情小说

这个误译的书名之所以能流传如此之广，大概是因为这部小说长期以来深受广大读者的喜爱，因此书名才能够如此清晰地留在他们的脑海中。以我为例，在给大学一、二年级的学生上的几门公共选修课上也在让学生们读这本小说，事实上很多学生的读后感中都写了"有意思"。这是相当令人惊讶的，因为《少年维特的烦恼》写于 250 多年前，是创作于韩国历史上朝鲜第 21 代国王、思悼世子的父亲英祖统治时期的

---

① 作者在本书本小节中一直沿用了《少年维特额的痛苦》的书名，但考虑到中国读者的阅读习惯，此小节以外的中文书名翻译仍使用了《少年维特的烦恼》。——译者注

"爱情小说"。

一个已经习惯了电视剧、漫画、动画片、电影等中出现的各种"狗血"爱情故事的现代年轻读者，竟然会认为这样一部写于250多年前，讲述一个男人因无法忍受单相思的痛苦，最终结束自己生命的故事很有意思，这是一个非常有趣的现象。当然，这里有一个前提，那就是"作为一部写于250多年前的小说"。因为开始阅读这部小说时，没有抱以太大的期待，先入为主地认为它可能很枯燥乏味且内容老套，所以实际阅读后会觉得"作为很久以前的小说"来说，相当有趣。

不管怎样，这样一部古老的小说至今仍能吸引年轻读者，甚至被改编成频繁上演的音乐剧且受到观众们的喜爱，这让我不禁怀疑这部小说是否具备某种有别于其他古典文学作品的魅力。

在读学生们的读后感时，也会注意到低年级学生和高年级学生之间存在的细微差别。在低年级学生们的读后感中，经常会出现"至于为了爱情而自杀吗？"

这种表达诧异的疑问；而在高年级学生的读后感中，却可以发现"我对维特的绝望和死亡深表同情"这类感想。

用情感经验阅读古典文学

前面，我们研究了有关作家、作品和时代的信息，是如何在理解和解析作品中发挥重要作用的。这些信息虽然可以成为关于作家或是时代的知识，但有时也可以成为情感经验。让我们来读下面这首诗：

我当然知道：这么多朋友死去

而我幸存下来纯属运气。但昨夜在梦中

我听见那些朋友说到我："适者生存。"

于是我恨自己。[1]

这是德国著名剧作家贝托尔特·布莱希特（Bertolt

---

[1] ［德］贝托尔特·布莱希特：《致后代：布莱希特诗选》，黄灿然译，译林出版社 2018 年出版。——译者注

Brecht）所写的诗《我，幸存者》(*Ich, der überlebende*)，它还有另一个为人所知的名字《幸存者的悲伤》。仅从诗本身的内容来看的话，很难明白这首诗到底在说什么，但如果知道这首诗是在纳粹统治时期（1933—1945），也就是第二次世界大战时期（1939—1945）写成的，那么这短短的六行诗看起来就完全不同了。

诗中的"我"是一个反抗纳粹的战士，有幸在一次战役中独自幸存下来。一起并肩作战的同志都牺牲了。那么，幸存对诗中的"我"来说是值得高兴的事情吗？即使知道同志们都会为我的幸存而高兴，但是我能同样为独自幸存的事实而感到高兴吗？布莱希特仅仅用三句简短的语言就很好地描述了，因活下来反而感到绝望这种相互矛盾的状况。

到这里，想必只要是知道这首诗写作时期的欧洲时代形势，任何人都能够理解诗的内容。但如果是亲身经历过类似情况的人去读这首诗的话，会有什么样的感受呢？如果听说一起参加示威游行的学弟或学妹被武装警察逮捕并以违反《集会示威法》的罪名被判一年有期徒刑，又或是听到那个在示威游行途中被催泪弹击中的朋友失明，更有甚者目睹学长被抓走之后变成一具冰冷的尸体被送回来，如果是经历过这些的人，会怎样读这首诗呢？

事实上，《幸存者的悲伤》这首诗曾在20世纪80年代被广泛阅读，当时在韩国这片土地上，以无数年轻人的牺牲和眼泪为代价推动的民主化运动如火如荼地开展，这首诗让许多人在心中洒下了滚烫的泪水。一同奋战的朋友、学长和学弟学妹或受伤或牺牲，却只有自己安然无恙，因此而感到羞愧、痛苦和惋惜的情感，在读这首诗时被重新唤醒，让他禁不住泪如雨下。虽然现在仍然存在许多需要解决的难题，但是生活在和平时代的年轻读者们，在阅读布莱希特的诗的时候，很难体会到那些经历过棍棒、盾牌、催泪弹的80年代年轻人一样的感情。

触动人类共通的情感

对一部文学作品的理解，可能会因读者的经验不同而完全不同。《少年维特的烦恼》也是如此。读过《少年维特的烦恼》的大学高年级学生们，之所以能够更容易地对维特的绝望和痛苦产生更深的共鸣，是因为他们有可能比低年级的学生经历过更多单相思的痛苦。也正因为这样的经历，很多看过《少年维特的烦恼》并深受感动的人，都会将"因为我也经历过单相思"作为受感动的原因。

那么，创作这部作品的歌德呢？难道他只是一个讲故事的能手，凭借编造的故事就能触动那些经历过单相思痛苦之人的心吗？当然，不可否认的是，歌德的确是个出色的讲故事的人，但能让《少年维特的烦恼》成为一部超越时代的伟大小说，不仅仅是因为它是一部情节有趣的爱情小说。歌德的作品之所以至今能够给全世界无数读者带来感动的原因在于，维特的故事源于歌德自身的经历，具有真实性。

这种真实，让所有曾经陷入过爱而不得痛苦的任何时代、任何国家的读者产生了共鸣，带给他们内心以巨大的震撼。写于1774年的小说《少年维特的烦恼》

之所以在 21 世纪的今天仍然被奉为经典名著，深受广大读者的喜爱，是因为这个爱情悲剧触动了"单相思"这个人类共通的情感。

然而，这部在歌德二十五岁出版的小说至今仍被奉为杰作的原因，不仅仅是这一点。无论单相思的情感被描写得多么真实，都不足以让这部小说能够引起整个欧洲的剧烈反响，而被称为"18 世纪最大的媒体韵事"。当时的年轻人将这个苦恼缠身的青年尊为自己的理想代言人，而且后世之人之所以将这部小说评价为代表这个时代的小说，也不仅仅是因为《少年维特的烦恼》是一部优秀的爱情小说。

和《德米安》一样，在小说的情节背后，隐藏着一些超越了单相思悲剧故事的东西。那么，就让我们从现在开始探索它吧。

德国文学分为
歌德之前和之后两个时期

歌德的另一个名字——德国古典主义

对于德国人来说，歌德是一个非常特别的人物。众所周知，作为向全世界宣传德语和德国文化、在德国文化外交中发挥着核心作用的德国文化中心就被命名为"歌德学院"，而且在德国以歌德的名字命名的小学、初中和高中就多达50余所。然而，最能体现歌德在德国地位的就是歌德活跃的时期通常被称为"古典主义"时期。

"古典"一词在德语中写作"Klassik"，在英语中则是"classic"，来源于拉丁语"classicus"的形容词，原本具有"上层的"的意思，之后扩展为"属于最高水平，模范的"的意思。后来，这个词被用来代指欧洲文明的起点和典范，即古希腊的艺术。而到了近代，以古希腊艺术作为典范的最高水平的艺术开始争奇斗艳，"古典"这个词则被用作这一文学思潮的代称。

例如，法国文学中的古典主义或新古典主义是指法国三大剧作家高乃依（Pierre Corneille）、莫里哀（Moliere）、拉辛（Jean-Baptiste Racine）活跃的时期。这一时期之所以可以被称作古典的，一方面在于文学作品完全沿袭了亚里士多德在《诗学》中所勾勒的悲剧形式，另一方面则在于高乃依的《熙德》（*Le Cid*）、莫里哀的《伪君子》（*Le Tartuffe*）和《吝啬鬼》（*L'Avare*）、拉辛的《费德尔》（*Phèdre*）等至今仍然积极上演的杰出作品竞相出现，是法国戏剧文学的黄金时期。

因此，艺术中的古典主义通常是指这样的艺术黄金时期，在这一时期会涌现出众多卓越的艺术家，创作出许多优秀的作品。德国文学的古典主义则绝对是由歌德定义的时代。当然，歌德的挚友弗里德里希·席勒（Friedrich Schiller）也构成了德国古典主义文学的另一个轴心，但鉴于当时的名气和影响，正如诗人海因里希·海涅（Heinrich Heine）所说的那样，德国古典主义文学是"歌德的时代"。

从歌德在继《少年维特的烦恼》之后，出版的《伊菲格涅亚在陶里斯岛》（*Iphigenie auf Tauris*，1779）、《威廉·迈斯特的学习时代》、《浮士德》（1797/1832）、《亲和力》（*Wahlverwandtschaften*，1809）等一系列经典作品来看，他是一位足以凭一人之力撑起"古典主义"这一宏大概念的伟大作家，这一点毫无疑问。但是，歌德在德国文化中的崇高地位并不仅仅是因为他留下了众多杰出的作品。

歌德的出现，让整个欧洲为之骄傲

显然，德国文学可以被划分为歌德之前和歌德之后两个时期。当然，在歌德之前，德国也出现过很多杰出的作家，但至今仍为人所知的却不多，这并不是指在文学史上的意义，而是因为作品本身的完成水平。除了启蒙文学作家兼文学及戏剧理论家的戈特霍尔德·埃夫莱姆·莱辛（Gotthold Ephraim Lessing）之外，可以毫不夸张地说，在歌德之前的时期没有任何德国作家能够在世界文学史上留名。

在这种文学发展落后于其他欧洲国家的情况下出现的歌德，年纪轻轻就通过《少年维特的烦恼》而享誉全欧洲，成了明星作家，之后作为欧洲作家的代表，将德国文学的地位瞬间提升到了其他欧洲国家的水平。歌德是宣告德国文学全面发展的第一支发令枪，同时也引领了第一个全盛时期。

歌德的全名是约翰·沃尔夫冈·冯·歌德。位于中间名和姓氏之间的"冯"（von）是"的"的意思，与英语中的"of"的含义相似。在姓氏前面加上"冯"字具有"某个家族的某人"之意，表示名字的主人是贵族。所以，一般以姓氏称呼某个人的时候，会在前面加上"冯"字来表明他的身份。例如，当时的奥托·冯·俾斯麦就被称作"Herr[①]冯·俾斯麦"。但歌德并非贵族家庭出身。他出身于法兰克福一个富有的市民家庭，贵族爵位是他活跃于魏玛宫廷时期的1782年获得的。

歌德的父亲约翰·卡斯帕尔·歌德在莱比锡大学获得了法学博士学位，经营着从父亲那里继承下来的酒店，并且任职于皇家顾问委员会。母亲卡塔琳娜·伊丽莎白·歌德也出身于一个富有且受人尊敬的高级法官家庭。得益于富裕的家庭环境，歌德从小就能够享受到多元化的教育。他不仅从各个语种的母语老师那里学习了法语、意大利语、英语，还学习了拉丁语、希腊语和希伯来语这些在现实生活中很少使用的提升修养的语言。此外，他还跟随家庭教师学习了自然科学、美术、音乐、骑马等。

1765年，歌德遵照父亲的意愿入读莱比锡大学的法学系。但没过多久他就因病中断了学业，直到1770

---

① 德语，"先生"之意。——译者注

年 4 月才得以在斯特拉斯堡恢复学习。完成学业后返回法兰克福的歌德开办了一家小型律师事务所，但比起律师的工作，他更关心创作。由此诞生的歌德第一部作品是形式大胆的剧作《铁手葛兹·冯·贝利欣根》（*Götz von Berlichingen*，1773）。而这部作品立刻让歌德作为一名作家为世人所知。第一部作品就大获成功。但这只是对即将发生之事的一个预告。一年以后出版的《少年维特的烦恼》使歌德成了德国乃至全欧洲最受喜爱的作家之一。

年纪轻轻就获得了巨大声誉的歌德，受到萨克森 - 魏玛 - 艾森纳赫公国的大公卡尔·奥古斯特的邀请，第二年就移居到了魏玛。当时，歌德刚刚与真爱莉莉·勋内曼因多重原因而解除了婚约，正在寻找新的安身之所，因此接受了这个邀请。这就是被称作德国文学第一个全盛时期——"魏玛古典主义"的开端。

"我生命的一半"，歌德和席勒的友谊

1775 年 12 月，年仅 26 岁的歌德前往魏玛，在

那里作为大公的朋友和政治家生活了 60 多年，直至 1832 年去世。当时，魏玛是萨克森 - 魏玛 - 艾森纳赫公国的首府，是一个拥有六千多人口的小城市。作为参考，普鲁士王国的首都柏林在 1775 年的人口约为 13.6 万。在那里，直到 18 世纪 80 年代中期，歌德主要以宫廷官员而非作家的身份活动。

　　卡尔·奥古斯特大公希望身边能有一位才华横溢的知识分子，就像他的叔叔普鲁士的弗雷德里克二世身边有启蒙思想家伏尔泰一样。而歌德在抵达魏玛后不久，就得到了大公的无条件信任。他在卡尔·奥古斯特的全力支持下定居魏玛，并在大公的身边长期担任了顾问和大臣。然而，由于将精力过度集中于政治和行政上，文学创作不可避免地被搁置一旁。从 1775 年开始，在之后的十年多时间里，歌德只写了《浮士德》、《埃格蒙特》(*Egmont*)、《威廉·迈斯特的学习时代》等未完成的手稿，几乎没有出版任何作品。

　　因意识到如此低的创作效率以及繁重工作导致的疲惫不堪，歌德终于在 1786 年突然前往意大利。歌德认为，如果想要在工作期间前往意大利，就不能把自己的计划告诉任何人。他甚至对当时的情人和精神伴侣夏洛特·冯·施泰因夫人都三缄其口，就连对大公，都是在出发前一天才要求他批准自己的特别假期。

在意大利逗留的近三年时间给歌德带来了新的艺术激情。经维罗纳、维琴察、威尼斯抵达罗马后，歌德与德国艺术家们进行了交流，体验了古希腊艺术和继承古希腊艺术的罗马艺术，并在此基础上确立了自己的古典主义艺术观。他还对艺术创作表现出了热情。在此期间，他完成了《伊菲格涅亚在陶里斯岛》散文版、《埃格蒙特》和《塔索》(*Tasso*)，并创作了850多幅画作（素描）。记录此次意大利旅行体验的游记《意大利游记》(*Italianische Reise*)也在1816年至1817年间出版。

从意大利回到魏玛后，歌德辞去了所有公职。但是他仍继续担任着宫廷剧院和隶属于魏玛公国的耶拿大学的管理等文化和学术领域方面的工作。在耶拿大学，歌德在约翰·戈特利布·费希特、威廉·弗里德里希·黑格尔、弗里德里希·威廉·约瑟夫·谢林等杰出哲学家的讲座中发挥了重要作用。还有一位，也是 1789 年应歌德邀请来到耶拿大学任历史教授的，他就是与歌德一起引领了魏玛古典主义全盛时期的席勒。

歌德和席勒的第一次会面是在 1788 年秋天，但在那之前他们对彼此就已经很了解了。当时，歌德已是享誉世界的作家，年轻剧作家、诗人席勒也因《强盗》（*Die Räuber*，1781）和《阴谋与爱情》（*Kabaleund Liebe*，1784）等剧作而声名大噪。

虽然歌德对这位比自己小十岁作家的第一部作品《强盗》的激进内容做了负面评价，但是从意大利旅行回来后，他对席勒关于诗歌和历史的文章给予了高度评价。然而，当两人在图林根州鲁多尔施塔特初次见面后，关系并没有变得很亲密。歌德和席勒之间的友谊被记录为世界文学中最富有成效的友谊，始于 1794 年，当时正在耶拿大学担任历史教授的席勒邀请歌德参与他策划的文化艺术杂志《季节女神》（*Die Horen*）的出版工作。歌德很快访问了耶拿，随后席勒前往魏玛，两人就彼此的文学理想进行了探讨。

之后，两人的关系在访问耶拿和魏玛的过程中迅速拉近，在对彼此深刻了解的基础上，开始了文学上的合作。在席勒主编的杂志《季节女神》上，歌德发表了其代表组诗中的一篇《罗马哀歌》（*Römische Elegien*），而席勒则在同一杂志上发表了文章《论天真的诗和伤感的诗》（*Über dienaive und sentimentalische Dichtung*，1795/1796）一文，将他和歌德各自不同的文学倾向解释为两种基本的诗歌类型。歌德对席勒的剧作《华伦斯坦》（*Wallenstein*）的创作过程产生了巨大的影响，而对于之后对德国式启蒙小说（成长小说）的形成起到决定性作用的歌德的长篇小说《威廉·迈斯特的学习时代》，在其创作过程中，席勒的批评和建议发挥了重要的作用。

歌德与席勒还一起合写了一首两行的讽刺诗《讽刺诗集》（*Die Xenien*，1797），还一起在席勒发行的一本艺术杂志《艺术年鉴》（*Musen-Almanach*）上发表过内含故事的叙事诗。在这种积极的相互影响下，歌德和席勒积极进行创作，这个时期不仅是他们各自最高产的时期，也是魏玛古典主义的全盛时期。因此，在 1799 年席勒干脆和家人一起移居魏玛，却在 1805 年死于由肺结核引起的急性肺炎，结束了短暂的人生。此时，席勒年仅 45 岁。我们很容易就能猜到歌德在得知这个噩耗时的感受。席勒的死对他的打击如此之大，甚至让他无法参加葬礼，后来歌德写道，席勒的死使"我生命的一半"就此消失。

但是歌德并没有就此停止创作。1808 年，歌德完成了从 1797 年开始写作的《浮士德》第一部，又在 1809 年出版了小说《亲和力》，于 1819 年出版了组诗合集《西东诗集》(*West-östlicher Divan*)。此外，他还在 1821 年完成了从 1807 年开始创作的长篇小说《威廉·迈斯特的学习时代》(*Wilhelm Meisters Wanderjahre*)；在 1810 年发表了《论色彩学》(*Farbenlehre*)，这篇被誉为近代色彩学开创性研究成果的自然科学论文。歌德于 1832 年 3 月 22 日在魏玛——这个 50 多年来作为人生和艺术根据地的地方——与世长辞，据推测是死于心脏病，享年 83 岁。

歌德超凡而隐秘的爱情

歌德不仅智力超群，而且外表出众。1779 年，歌德受魏玛宫廷委托演出一出戏剧，来庆祝大公夫人路易丝·阿马莉在生下女儿之后第一次到访教堂。于是歌德根据古希腊剧作家欧里庇得斯的作品创作了戏剧《伊菲格涅亚在陶里斯岛》，并与宫廷贵族们一起登台表演。一位在当天的演出中看到歌德的宫廷医生写道：

我竟然无法找到其他例子，能够将智慧之美与外在之美如此完美地融合在一起。

虽然这只是一个人的判断，但不难猜到，一个能听到如此评价的男人一定得到了很多人的喜爱。而歌德与女性的关系似乎也是如此。事实上，歌德的爱情故事本身就色彩斑斓到足以构思成三四本书的主题。他的初恋是在斯特拉斯堡学习法学期间认识的一位牧师的女儿弗里德里克·布里昂。然而，当歌德完成学业时，这段爱情也随之结束了。直到回到法兰克福后，歌德才给弗里德里克写了一封信，宣布他们的分手。

歌德与前面提到过的冯·斯泰因夫人的关系也是众所周知的。抵达魏玛后，歌德与夏洛特·冯·施泰因夫人，这位年长他七岁的、七个孩子的母亲建立了隐秘的关系。她教给了歌德陌生的宫廷生活，并在精神上也担任了近似导师的角色。歌德给她留下了1770多封信件和备忘录，献上了无数首诗。然而，就像弗里德里克的情况一样，他与她的关系也戛然而止。

正如前面提到过的，歌德在没有对冯·斯泰因夫人作出任何暗示的情况下就去了意大利。歌德回到魏玛之后，两人的关系也相当疏远，虽然直至两人都过了中年之后才重拾了友好关系，但再也没能恢复恋人关系。

歌德在意大利旅行期间经历了更多情感和肉体的爱，但直到返回魏玛后才遇到了他的人生伴侣。令人惊讶的是，她是23岁的帮佣克里斯蒂亚娜·武尔皮乌斯。虽然歌德只是出身市民阶层，但是家庭非常富有，在宫廷与大公像朋友一样来往，如果考虑歌德的社会地位，可以说这是一段非常出格的关系。但是让大众跌破眼镜的事情并没有止于此。歌德与克里斯蒂亚娜一起生活了很长时间却一直没有结婚。即使他们的儿子在 1789 年 12 月出生后也是如此。歌德和克里斯蒂亚娜正式结为夫妻是在 1806 年，也就是克里斯蒂亚娜去世前十年。

除此之外关于歌德的爱情故事还有很多，但其中最广为人知的是《少年维特的烦恼》的写作契机——与夏洛特·布夫的关系。1772 年，在小城韦茨拉尔的地方法院实习期间，歌德认识了律师约翰·克里斯蒂安·凯斯特纳和他的未婚妻夏洛特。歌德很快就爱上了当时 19 岁的夏洛特，但同时与克里斯蒂安也保持着良好的关系。歌德被这段没有未来的爱情所折磨，最终离开了韦茨拉尔，只给两人留下了一封告别信。

同时，歌德与在莱比锡大学学习时认识的卡尔·威廉·耶路撒冷在韦茨拉尔再次相遇，当时耶路撒冷正暗恋着有夫之妇伊丽莎白·赫茨。1772 年，也就是歌德爱上夏洛特并离开韦茨拉尔的那一年，耶路撒冷自杀了。之后，歌德将自身经历结合耶路撒冷的故事写成了小说《少年维特的烦恼》。据说歌德完成这部小说只用了六个星期的时间。

18 世纪最大的媒体韵事

《少年维特的烦恼》于 1774 年 9 月在莱比锡书展上首次亮相，并很快成为整个欧洲的畅销书。在首次出版时，歌德以匿名形式出版了《少年维特的烦恼》，其理由与前面黑塞以辛克莱的笔名出版的《德米安》相同。这是一种通过使这部小说看起来像是真实发生的而不是虚构的故事，来引发读者情感上共鸣的策略。

然而，《少年维特的烦恼》即使不采取这种策略也会火爆异常。据说出版后不久就出现了七个版本的盗版。这种情况的出现，一方面很好地证明了《少年维特的烦恼》一书的火爆程度，另一方面也说明著作权的概念很早之前就已经在欧洲存在了。然而，这并不意味着著作权得到了很好的保护。早在中世纪，就曾经有人尝试做过所谓的"职业人"——以创作诗歌和演唱歌曲等只依靠文学创作活动来维持生计。但是由于著作权无法得到妥善的保护，直到 20 世纪也只有屈指可数的作家成功以这种方式生活。

不要说在歌德活跃的 18 世纪末和 19 世纪初，即使到了欧洲即将迈入现代社会的 19 世纪后期，都没有出现一部有效的著作权法，因此当代著名作家特奥多尔·冯塔纳将作家们称作"墨水奴隶"。这是因为，如果书畅销，赚钱的只有出版社，而作家们却几乎得不到多少报酬。总之，在第一次世界大战结束之后的魏玛共和国时期，著作权法最终得以确立之前，作家们不得不坚持不懈地为自己的权利和生存而战斗。

《少年维特的烦恼》一书的火爆程度从盗版和海外翻译版的出现就能够充分说明了。歌德的小说一经出版就被翻译成法语、英语、意大利语、俄语等版本，成为席卷欧洲的"18 世纪最大的媒体韵事"。

《少年维特的烦恼》尤其在年轻读者中间反响热

烈。男性们模仿维特的着装，穿着带有黄铜纽扣的蓝色衬衫、黄色马甲和棕色长靴，而维特使用过的香水更是一被制造出来就被疯狂抢购，还有印有维特和夏洛特的茶杯套装和绘有小说中故事场景的茶壶被制作出来。正如法国皇帝拿破仑后来亲自会见歌德时透露的那样，他将这本小说读了七遍，并且一直随身携带。

引发无数模仿的"维特效应"

但是也有不少读者对《少年维特的烦恼》持否定的态度。他们将维特视为破坏传统价值、扰乱家庭安宁的人。他们还批判这部小说将年轻人引向自杀，这并非毫无根据。迄今可查的是，在《少年维特的烦恼》出版后不久，至少有 12 名男子仿照维特的方式自杀。正因如此，这种模仿具有社会影响力的名人自杀的方式而尝试自杀的社会现象也被称为"维特效应"。

因此，歌德不得不在《少年维特的烦恼》的第二版中增添以下诗篇：

年青男子谁都渴望这么爱，

年青姑娘谁都渴望这么被爱。

这是我们最神圣的情感啊，

为什么竟有惨痛飞迸出来？

亲爱的读者，你哭他，你爱他，

你要从耻辱中救出他的声名；

看，他的灵魂正从泉下向你示意：

做个堂堂男子吧，请别步我后尘。[1]

　　歌德在第一卷和第二卷前面分别插入了这两节诗[2]，劝诫读者们不要学维特自杀。歌德以"文艺"的方式表达这一点的结果是，虽然词句优美，但除了最后两句以外，读者几乎无法察觉他想要说什么。可以说，这是"文学是将想表达的内容揭示出来的同时，

---

[1]　［德］歌德：《少年维特的烦恼》，杨武能译，人民文学出版社1999年第2版。——译者注
[2]　原文写作"分别插入了这两首诗"，应为作者笔误。——编者注

又加以隐藏"这一事实的一个很好的例子。如果将它"解析"得更易理解的话，则可能是如下内容：

每一个年轻人都渴望像维特一样轰轰烈烈地去爱，又想要被爱，但是爱情并不总是幸福和快乐的。如果太过热烈却不能成真，那么这样的爱情就只能是痛苦的。

读者们能够理解维特可爱的灵魂，并为他流泪，那么维特所经历的痛苦对他来说就不再是一种屈辱。但是离开人世的维特的灵魂在向你诉说。不要像我一样放弃人生，而要像男人一样战胜它！

维特的爱情和死亡之所以如此真实，是因为这个故事中包含了歌德的体验、痛苦和真情。因此《少年维特的烦恼》带给了读者更多的感动和乐趣。但是，这部小说也因此导致很多有过类似经历的年轻人情不自禁地追随维特的脚步。歌德试图通过新的序言以文学的方式解决这个问题。那么，在第二版出版之后，"维特效应"消失了吗？很遗憾，对此我们无从得知。

启蒙运动 VS 狂飙突进运动，
超越爱情的故事

选择书信形式而非第一人称角度的原因

如果非要给《少年维特的烦恼》做一个概述的话，其实一句话就能说完：一个感情丰富名叫维特的青年暗恋上了已经订婚的夏洛特，因不能承受这段无法实现的爱情所带来的痛苦而自杀。这样一个情节简单易懂的故事，是如何写成一部巨著的呢？这实在令人惊讶。

但是，如果进一步去想的话，就会发现一个更令人惊讶的事情。这部小说是以不太常用的"书信体"写成的。歌德为什么要采用书信的形式来写这个悲情故事呢？书信体是以"我"作为叙述人，直接传达自己的主观感受和想法的。与一般的第一人称叙述角度不同的是，书信的叙述对象被特定为信件的收信人，因此书信形式的小说中可能存在多个"我"。

当然，如果只展示一个人的信件，那么叙述者会固定为一人，但由于信件以"回复"为前提，因此在书信体小说中，往往会出现两个以上的叙述人。在这种情况下，就需要极尽戏剧性地表现出几个人或是见解不同的两个人完全相反的想法。

例如，作为柴可夫斯基的芭蕾舞剧《胡桃夹子》的原作者而为我们熟知的浪漫主义作家恩斯特·特奥多尔·霍夫曼（Ernst Theodor Amadeus Hoffmann），他的小说《沙人》（*Der Sandmann*，1816）的开头出现了三封书信，明确地展现了出场人物之间戏剧性的意见分歧。因为每个人都在没有叙述人介入的情况下直接表明了自己的想法和感受，因此清楚地揭示了对故事情节的发展起到重要作用的这几个人物之间的立场差异。

然而，《少年维特的烦恼》并没有很好地发挥书信的这些优点。由于小说中没有出现收件人的回信，因此也没有任何余地去揭露出场人物之间的立场差异。实际上，这部小说的故事情节看起来反而不太适合使用书信的形式。这是因为信件的发件人是"我"，也就是维特，选择了自杀，尽管是在小说的结尾。这显得很荒谬，因为这意味着小说的叙述人会消失，同时不得不出现另一个叙述人来给故事一个结尾。

尽管歌德通过信件的收件人——维特朋友的出场很好地解决了叙述人缺席的尴尬，但从叙事的角度来看，这种情况看起来并不理想。

一般来说，一部小说的叙述形式不大会发生太大的变化。虽然偶尔会出现全知视角和第三人称旁观者角度两者微妙交替的情况，但很难找到叙述角度急剧变化的情况。想一想足球赛转播就很容易理解这个原因了。转播一场足球比赛时，一般会把摄像机全部安装在足球场的两侧和前后，也就是两边的球门柱后面。但是在转播比赛时，画面只会显示赛场一侧摄像机拍摄的画面，这是因为如果同时播放赛场两侧视角完全相反的画面的话，观看转播的观众就会感到混乱了。

在小说中也同样如此。如果视角在叙述故事的中途改变，读者在理解故事的时候难免会感到混乱。当然，也有像克里斯塔·沃尔夫（Christa Wolf）的《美狄亚声音》（*Medea：Stimmen*，1996）一样的书，每一个章节都由不同的人物来进行叙述，但在这种情况下，读者对叙述人发生变化这一点是具有明确认识的。除了这类特殊情况之外，大多数小说的叙事角度，也就是观察和讲述故事的角度基本上是不会发生改变的。

但是，歌德无视了这种叙述原则，不惜承受不得不替换叙述人给读者造成混乱的风险，也采用书信形式来讲述故事的原因是什么呢？就像大多数关于文学作品的疑问那样，对于这个问题，我们也很难找到明确的答案。如果作家没有对此做过特别的说明，我们只能根据小说的内容和阅读经验来推测。

正如前面提到过的，《少年维特的烦恼》的情节相较于小说的篇幅来说非常简单。由此我们可以得知，这部小说的核心内容并不是单相思和自杀这一事件本身，而是在情节向自杀推进的过程中，维特的内心感受和情感的变化。因此可以说，书信在描写主观想法和情感上是一种非常恰当的体裁。而且，不同于第一人称的叙述，由于书信是写给另一个人的，因此在表达激烈的感情和极端的想法时，在一定程度上是以温和而精练的方式表现出来的。

从小说中描述的多个情节中可以看出，维特的思想感情有时过于激烈，常常会出现失控的情况。如果我们将这种情况以主观的角度原封不动地展现出来，那么首先会破坏小说的艺术性，同时，小说的内容很可能会集中在维特的"性格"上，而非爱情本质以及试图控制这种情感的理性努力方面。因此，比起对形式和内容不作任何控制、直观地表达激烈情感的第一人称直叙的方式，采用形式更加克制的书信体来讲述维特的故事，则显得更加合适。

大概是出于这个原因，即使冒着叙述人中途消失的风险，歌德也选择了书信体。从歌德的立场来看，书信这种形式的另一个优点是，它恰好符合自己以个人方式讲述一个非常个人化的故事的意图。歌德在这部小说中所做的，其实是给其他人讲述了一个非常个人的、单相思的故事和情感。

而且歌德通过选择书信这一形式，可以将可信度极高的、自己的故事以最个人的方式传达给特定的对象，而不是像谈论别人的事情一样讲故事（第三人称角度），或是在酒桌上向一众朋友吹嘘（第一人称角度）。

有些读者可能会想："如果这是一个难以公开的私人故事，那么把它藏在自己的心里不是更好吗？"然而，正如我们通过以往经验得知的那样，许多作家会将自己的故事写成小说，即使是那些充满痛苦和烦恼的艰难时期。这样做的原因可能有很多，但首先可以把它看作是一种对过去的梳理和克服。

既揭露又隐藏

即使我们不是作家，也经常会将正在经历的事情或是已经战胜的困难用文字记录下来或是讲述给别人，并且通过这种方式从心理上走出事情对自己的影响。将自己的经历写下来或是讲出来，并不是简单地列出经历过的事情，而是意味着将事情本身以及与此相关的感受、想法的因果关系进行重新梳理。作者通过这种方式创作了这部作品，从而给这段经历画上句号，同时也从心理上摆脱了它带来的阴影。

像这样记录或是讲述内心活动的过程具有治疗作用，也被用于心理治疗。歌德在写下《少年维特的烦恼》这部小说时，通过一个极端的、虚构的结局了结了这段经历，这样他就能从尚未能摆脱的单相思痛苦中走出来了。而且，想必他也从读者们给予这部小说的共情、同情和理解中获得了安慰。

那么，歌德为什么选择了小说而不是回忆录的形式来记录自己的经历呢？一方面，正如上面提到过的，这样就能更加自由地虚构事情的过程和结局。另一方面，因为如果按照亲身经历来记录，就会完全暴露自己隐私。隐藏在"虚构"的背后，就可以在保护作家个人隐私的同时叙述自己的经历。让我们回忆一下前面说明过的文学的基本属性：文艺表达就是"在表露的同时隐藏起来"。

然而，这类性质的治愈文学却隐藏着陷阱。这是因为，虽然基于自身经历的文学作品以其具备的真实性带给读者很多感动，但经历有限的作家，尤其是年轻作家，不可能以这种方式持续不断地进行创作。也因此，在世界文学史上包括韩国文学史上，只留下一两部杰出的作品之后就销声匿迹的作家数不胜数。

如果仅依靠自己的经历来写作的话，很难创作出很多的作品。托马斯·曼、布雷希特、费奥多尔·陀思妥耶夫斯基、列夫·托尔斯泰、埃米尔·左拉、古斯塔夫·福楼拜等世界文学巨匠，都是成功度过了依靠自身经历写作的时期，以别人的或是完全虚构的故事创作出了众多超越经历的作品。

歌德也是如此。在《少年维特的烦恼》之后，歌德在作品中也写出了超越自身经历的丰富多彩的故事。然而，在《少年维特的烦恼》中，已经隐藏着超出作者个人经历的故事。从这里，我们也能再次体会到青年歌德高超的文学水平。而要正确理解这一点，首先要了解启蒙运动，它构成了当时市民文化的精神基础。

康德的启蒙运动"Sapere aude（要勇于知道）！"

启蒙运动是自 17 世纪兴起持续到 18 世纪中后期的，在欧洲思想史上产生了巨大的影响的思想体系和社会运动。

启蒙运动在德语中被称为"Aufklärung"，是动词"aufklären"的名词形式。在这里，"aufklären"是由"auf"（开放）、"klar"（清晰的、明确的）和"-en"（动词词尾）组合而成的词，是一个及物动词，意思是"开放（某物或某人），使其清楚明白"，即"开启（某人的眼睛），使其看得清楚"。因此，这个动词的名词形式有"睁大眼睛看清楚"的意思。

启蒙运动是指向被封建迷信和非理性思维蒙蔽的人传授真相。那么，要通过什么来了解真相呢？了解真相的途径既不是宗教也不是直觉或是经验智慧。只有理性才能让我们了解真相。

德国启蒙运动的代表人物、哲学家康德在 1784
年发表的文章《对"什么是启蒙？"问题的回答》
（*Beantwortung der Frage：Was ist Aufklärung?*）中对
启蒙运动进行了如下回答。这里的"Sapere aude"一
词为拉丁语，意为"要勇于知道"。

启蒙就是人走出归咎于自身的不成熟状态。不成熟就
是一种没有他人的领导，就不能运用自己理性的无能为力
的状态。如果不成熟的原因不是缺乏理性，而是缺乏决心
和勇气，没有他人的领导就无法使用自己的理性，那么这
种不成熟就要归咎于自身。Sapere aude（要勇于知道）！
要勇于使用自己的理性！这就是启蒙运动的口号。

在最常被引用来解释启蒙运动的这段话中，康德
认为的启蒙是指"走出不成熟状态"，也就是"让不成
熟的人变得成熟起来"。在这里，"不成熟"意味着"无
法使用理性的状态"，而这种不成熟的责任在于自身。
任何人都拥有理性，无法使用理性并不是因为不具备

理性，而是因为没有使用理性的意志。那么一个拥有理性的人却无法使用理性的原因是什么呢？那是因为他没有勇于使用理性去思考和判断的决心。

当所有人都被迷信、情感和谎言所欺骗，做出错误的判断之时，以自己的理性作为标准来思考是需要勇气的。因此，对于康德来说，启蒙的目标不是教授理性思考的方法。启蒙最重要的目标就是让每个人都要意识到自己具备理性，并拥有使用理性的勇气。

人人都拥有能够看清世界本来面貌的眼睛。启蒙就是让你睁开紧闭的双眼。理性思考一切的启蒙思想对 18 世纪以后的德国社会和文化产生了巨大的影响。最能体现这一点的作家之一是莱辛，他也被看作启蒙运动的代表作家。莱辛写于 250 多年前的众多宝贵的戏剧至今仍深受喜爱，但其中，《爱米丽雅·迦洛蒂》（*Emilia Galotti*，1772）和《智者纳坦》（*Nathander Weise*，1779）是被阅读和上演最多的两部作品。顺便说一句，《爱米丽雅·迦洛蒂》是维特在自杀之前读的最后一部戏剧。

极度理想的启蒙文学

有意思的是，在美国发生"9·11"恐怖袭击事件之后，《智者纳坦》一夜之间成了德国畅销书榜的第二名。当时的第一名是伊斯兰教的圣经《古兰经》。《智者纳坦》之所以突然重新获得关注是因为这部书讲述的是宗教冲突和宽恕。

《智者纳坦》中有三个主要人物。第一个是主人公纳坦，他是一位被称为"智者"的富商及犹太教拉比；第二个是神殿骑士库尔特·冯·施陶芬，他在纳坦离家期间从火灾中救出了纳坦的养女莱哈；第三个主要人物是苏丹·萨拉丁，因为施陶芬与自己的哥哥长得像，而释放了在十字军东征中参战的基督教徒施陶芬。

就这样，代表三种宗教的三个人物因为现实问题陷入了矛盾冲突之中。神殿骑士因纳坦对自己和莱哈的婚事持保留态度而敌视纳坦，而遭遇财政危机的萨拉丁为了能够轻松地借到纳坦的钱而想要将纳坦逼入绝境。但是，纳坦巧妙地摆脱了这种困境。当萨拉丁故意向纳坦提出了一个无法回答的问题——"在犹太教、基督教和伊斯兰教中，哪一个是正宗"时，纳坦并没有直接回答，而是讲述了一个"戒指寓言"，最后使萨拉丁叹服。

戒指寓言的故事内容是：一位国王有三个儿子。老国王在死之前需要把自己的戒指传给最心爱的儿子，但是国王对三个儿子的爱不分伯仲，想来想去，就又做了两个一模一样的戒指之后，将三枚戒指传给了三个儿子。国王死后，三个儿子得知他们三个人得到了一样的戒指，为了弄清楚谁的戒指是真的，他们一起找到法官查明真相。法官认为戒指代表了父亲的爱，因此判定三枚戒指都是真的。

这则寓言想要表达的意思非常清楚。原来的戒指是哪一个并不重要，重要的是戒指所代表的意义，也就是父亲的爱才是重要的，这就意味着哪种宗教是正宗并不重要，重要的是神的旨意。虽然这样的回答就能令萨拉丁轻易叹服不太符合现实，但是分别代表了犹太教和伊斯兰教的纳坦和萨拉丁之间的冲突就这样解决了。

纳坦与神殿骑士之间的冲突也以意想不到的方式

得以解决。纳坦对神殿骑士和莱哈的婚事持保留态度，是因为他怀疑神殿骑士和莱哈的父亲可能是同一个人。而随着这一疑惑被证实，神殿骑士和纳坦，即基督教和犹太教之间的冲突也烟消云散。此时，神殿骑士和莱哈的父亲是萨拉丁那个改信基督教的哥哥这一事实浮出水面，也揭示了代表基督教、犹太教和伊斯兰教的人物都是一家人的事实。

当考虑从中世纪持续到现在的宗教之间的对立和冲突时，这个故事无论是在过去还是在现在，都显得不太现实，但同时它也很好地体现了启蒙文学的理想主义性质。启蒙运动的最终目的是"启蒙"读者使之能够理性地思考和行动，因此无论故事显得多么不切合实际，都是一种展现我们最终应该达到的理想状态的有效手段。

此外，这部作品所揭示的对宗教的理解也充分地体现了启蒙运动以理性为中心的思维方式。宗教从根本上说是一种超越理性判断而存在的信仰，因此了解宗教的历史或是确认不同宗教具有相同起源，并不能有助于克服"一神论"宗教的排他性。但是，犹太教拉比通过友好地说明宗教历史的戒指寓言，告诉萨拉丁所有宗教最终都是一体的，而伊斯兰教萨拉丁也被说服的这些情节，都很好地体现了这部戏剧的世界观中理性优于宗教信仰的事实。

不论《智者纳坦》给宗教和文化之间冲突日益尖锐的现代社会传递了多么沉重的信息，我们都能在这部作品中了解到在启蒙运动中理性的力量是多么的绝对。但是过于强调理性，则会容易忽视人类另一个层面上情感和想象力的力量。当我们只注重理性时，激烈的情感和不切实际的想象将被视为是妨碍理性判断的、应该抵制的存在。

因此，在这一时期萌生出的注重感性和想象、梦幻和空想的浪漫主义文学，以及出现的描绘颠覆了自然和日常规律的世界的幻想文学，都并非巧合。在理性绝对之处，激烈的情感和自由奔放的幻想必然会萌芽。

反对理性中心的狂飙突进文学

以理性为中心的启蒙运动，其在德国文学中体现出的另一个反作用，是被称为"狂飙突进"的文学运动。"狂飙突进运动"通常是指在启蒙运动之后开始的文学运动，在德语中是"Sturm und Drang"。在这里，"Sturm"的意思是风暴，而"Drang"的意思是"猛烈地涌向某处的样子"。因此，在韩语中意指"暴风和怒涛"的"狂飙突进"一词的翻译并不是非常准确的。虽然无法得知谁先使用了这个翻译，但它之所以被沿用至今，不在于它确切的意思，而在于这个词非常贴切地表现了德语"Sturm und Drang"摧枯拉朽的语境。

在1767年至1785年盛行的狂飙突进运动，作为一种流行时间较短的文艺思潮，其主力军是二十出头的年轻作家们。他们反对以理性的标准来判断一切的启蒙运动式艺术，提倡重新将直觉、天才的灵感、激烈的感情、敏锐的感受作为文学和艺术的中心。而这场文学运动的核心是正在创作《少年维特的烦恼》的年轻时期的歌德。

比如，我们可以从以下维特和他的情敌阿尔伯特之间的对话中，发现《少年维特的烦恼》一书中体现出的狂飙突进性质。

……"我真不能想象，一个人怎么会愚蠢到去自杀；单单这样想都令我反感。"（阿尔伯特）

……"你们一谈什么都非得立刻讲：这是愚蠢的！这是明智的！这是好的！这是坏的！——这一切又意味着什么呢？为此你们弄清了一个行为的内情吗？探究过它何以发生，以及为什么必然发生的种种原因吗？你们要这样做过，就不会匆匆忙忙地下断语了。"（维特）

…………

"这完全是另一码事，"阿尔伯特反驳说，"因为一个受热情驱使而失去思考力的人，人家只当他是醉汉，是疯子罢了。"

"嗨，你们这些明智的人啊！"……"因为我凭自己的经验认识到：一切杰出的人，一切能完成伟大的、看似不可能的事业的人，他们从来都是给世人骂成酒鬼和疯子的。

"甚至在日常生活中也一样，只要谁的言行自由一些，清高一些，超乎一般人的想象，你就会听见人家在他背后叫：'这家伙喝多了！这家伙是个傻瓜！'——真叫人受不了。真可耻，你们这些清醒的人！真可耻，你们这些智者！"（维特）

"瞧你又胡思乱想开了，"阿尔伯特说，"你这人总是爱偏激，这回竟把我们谈的自杀扯到伟大事业上去，至少肯定是错了；因为自杀怎么也只能被看作软弱。与坚定地忍受充满痛苦的人生相比，死显然轻松得多。"

…………

"人生来都有其局限，"我继续说，"他们能经受乐、苦、痛到一定的限度；一过这个限度，他们就完啦。这儿的问题不是刚强或者软弱；而是他们能否忍受痛苦超过一定的限度。尽管可能有精神上的痛苦和肉体上的痛苦之别，但是，正如我们不应该称一个患寒热病死去的人为胆小鬼一样，也很难称自杀者是懦夫。"（维特）[1]

---

[1] ［德］歌德：《少年维特的烦恼》，杨武能译，人民文学出版社1999 年第 2 版。（所引文字有删节，特注明说话人）——译者注

这场引人入胜的对话在情节的发展中起到了重要的作用。这段对话发生在小说的中间部分，阿尔伯特首次实际出场的场景。在此之前，虽然维特认识且提到过几次作为夏洛特未婚夫的阿尔伯特，但这是他第一次以有血有肉的人的形象出现。因此，这次对话也可以说是第一次具体定义了两个人的关系。

"狂飙突进运动"的代言人——维特

这里描述的两个人之间两极化的意见分歧，并不仅仅体现了对自杀的意见差异，而是象征了作为情敌的两个人之间的敌对关系。如同两条平行线一样没有任何外部交集的两个人，他们之间的这段对话，与其说是一次知识分子之间的争论，不如说是一场带着情绪的争吵。另一个有意思的事情是，两个人谈论的偏偏是自杀这个话题，阿尔伯特认为自杀是一种意志薄弱的行为而对此持批判态度，维特则表现出想要理解自杀之人的绝望。这显然为小说的结局埋下了伏笔。

因此，这段对话在揭示维特和阿尔伯特之间的关系，以及暗示之后会发生的事情方面起到了重要的作用。但是，如果仔细查看对话的内容，就能知道两个人并不是在单纯讨论自杀的问题。阿尔伯特批判自杀行为的原因，是认为自杀是由让人丧失理性的激烈情感导致的。对阿尔伯特来说，情感会在根本上妨碍理性判断，因此任何想要过理性生活的人都应该摒弃这种负面因素。阿尔伯特的这种态度毫无疑问是典型的启蒙思想。

与之相反，维特并没有单纯地将自杀视为一种积极的行为，而是将它看成是由无法控制的情感本能导致的，因此认为是"可以理解的"。对维特来说，"情感"是不可否认的、无法压抑的人类本性。因此，无法对诸如"悲伤"或是"绝望"之类的情感做出"对"或"错"的价值判断。此外，因为这种情感是存在于理性控制之外的力量，也象征着摆脱理性而合理这个日常框架的力量。

要想做"自由、高尚、意想不到的事情"，就要跳出日常秩序，而这是充其量只能创造出一个有秩序外表的理性所无法做到的。因为非同寻常的伟大事情只有依靠情感等更加本能的、原始的、强大的力量才能够实现。

　　如此看来，追求激烈的情感而自杀的维特，可以被视为打破由阿尔伯特所代表的启蒙思想或是理性中心的日常秩序的人物。《少年维特的烦恼》是一个讲述单相思的爱情悲剧，同时也是一部揭示了反对启蒙思想的狂飙突进运动的小说。

像剥洋葱皮一样阅读

　　当我让学生在读了《少年维特的烦恼》之后交一篇读后感时，里面出现频率最高的是"无法理解为什么会因爱而自杀"，其次就是正好相反的"对维特的痛苦深有同感"。另外还有的学生觉得，因为这是一部很久以前写的小说，即使能够在一定程度上理解它的内容，但是类似读了一首诗之后深受感动的情节，或是因情绪过于激动而昏厥的夸张情节等，也感觉有点太多了。此外，出现频率也很高的感想是"小说里有太多无助于情节推进的内容，所以很无聊"。也就是说，如果去掉这些内容，这部小说就会读起来更快，情节也会更有意思。

其实也可以尝试对小说内容做这样的改写：如果减少那些与情节发展无关的内容，比如对自然的无聊描写，对日常生活的感性描述，或是与贵族的不和等被抱怨最多的场景，也许它就能成为一个简洁而快节奏的故事，能够媲美今天的商业电影、电视剧、动画片或是漫画等作品。但真会如此吗？就凭"一个男人爱上了一个有未婚夫的女性，却因无法忍受爱而不得的痛苦最后自杀了"这样一个简单的故事？

即使没有财阀出场，也没有三角恋、四角恋之类复杂的恋爱关系，更没有复杂的家庭纠葛、交通事故、失忆或类似题材的内容，那么被简化后的《少年维特的烦恼》，还能成为一部和现在的"悲剧爱情故事"匹敌的小说吗？恐怕是不可能的。

《少年维特的烦恼》是在当时的文化环境下，为满足当时文学需求而创作的作品。而在两百多年前的文化背景下，想必对小说的要求并不是"一个能够快速理解和消费的、充满趣味和紧迫感的故事"。将完全以不同目的写成的小说加以精简，是无法成为符合现在读者需求的作品的。

在尚未像如今一样数字印刷普及的、遥远的 18 世纪，书籍是昂贵的文化商品。在纸张也很贵的当时，需要手工将文字一个一个地填满活字印刷版，再将印刷版放在纸上通过手工一页一页地印刷，因此书籍是无法大量生产和大量消费的昂贵媒介。如果考虑到租借图书的借阅图书馆和相对比较便宜的文库版书籍普及的 19 世纪后期，书籍才具备大众媒介的特征这一事实，就更容易理解了。

在这种情况下，一本在三四个小时内就能读完然后放在书架上的书，就不具备多大价值了。仅仅能够提供三四个小时乐趣的话，书籍简直就是极度奢侈的商品了。再加上当时要求文学需要具备足够的语言美感和内容深度，能够让人一句一句地细细品读。《少年维特的烦恼》也是如此。

《少年维特的烦恼》之所以是一部从当时到现在都一直被公认为杰出的作品，不仅是因为它有趣的故事情节，还因为它优美的语言以及隐藏在每一句话、每一个场景后面的其他内含。歌德的所有作品中没有一句话是无的放矢的。正因如此，当你阅读像《少年维特的烦恼》这样的经典名著时，就会觉得仿佛在一层一层地剥洋葱皮。

我们已经剥下了两层。在读完悲剧的单相思故事这一层之后，我们找到了隐藏在其下的启蒙运动与狂飙突进运动的对立。那么，下一层就让我们在读起来无聊的自然描写中寻找吧。有一天，维特外出作画回来之后，将那天的内心经历写成了如下的文字告诉了朋友：

……一小时后，我便完成了一幅布局完美、构图有趣的素描，其中没有掺进我本人一丁点儿的东西。这个发现增强了我今后皈依自然的决心。只有自然，才是无穷丰富；只有自然，才能造就大艺术家。①

从某种意义上来说，维特在这里所说的是西方最

① ［德］歌德：《少年维特的烦恼》，杨武能译，人民文学出版社1999年第2版。——译者注

基本的艺术观。自亚里士多德以来，艺术在西方被视为对自然的模仿。直到 20 世纪初期，这样的模仿论或是写实主义艺术观才成为理解艺术的最重要轴心。甚至在日常生活中，我们也常常会感叹"自然的美丽"，一直以来将自然看作是超越一切艺术创作的最美之物。但是，如果考虑当时的文化背景，我们就不难发现这种对自然之美的赞誉还隐含了另一种目的。

真正的天才能创造出超越规范的伟大作品

早先的艺术具有一种定式。在中世纪，诗歌写作是一门手艺，评价诗歌的优劣在于其是否遵循了规则而不是看重其内容的高下。在中世纪的诗歌职业大赛中，评委们会将违反诗学规则最少的作品评定为最佳作品，而非那些内容动人的诗歌。巴洛克时代的诗人和评论家马丁·奥皮茨，将意大利诗学的定式修改为符合德语的形式被用作通用的文学规则。在以理性为中心的启蒙运动文学中也是如此。

初期的启蒙运动评论家约翰·克里斯托夫·戈特

舍德创建的诗学被视为规范而广泛应用，他在其中规定了戏剧和诗歌应该遵循哪些规则。然而，这种严格的定式在启蒙运动内部也遭到了强烈反对。前面介绍过的启蒙运动作家莱辛认为，比起严格遵守源自亚里士多德《诗学》戏剧规范的法国古典主义戏剧，自由跨越诗学规范的莎士比亚更符合德国人的情感。

例如，法国古典主义戏剧为了遵循"戏剧中的事件必须要从日出持续到日落为止"这一"时间一致"的法则，而将"一天"无限期地延长导致偶然性的降低，从而妨碍了观众对剧中人物产生共鸣和怜悯之情。莱辛想要摆脱这种文学规范所做的努力一直持续到狂飙突进运动时期。

比起规范，狂飙突进运动的作家们更重视依靠灵感和即兴创作的激情。虽然按照规范可以创作出不错的作品，但是真正的天才能够超越规范创造出伟大的作品。这种想法也完全体现在了维特的信件中。

对于成法定则，人们尽可以讲许多好话，正如对于市民社会，也可以致这样那样的颂词一般。诚然，一个按成法培养的画家，决不至于绘出拙劣乏味的作品，就像一个奉法惟谨的小康市民，决不至于成为一个讨厌的邻居或者大恶棍。①

歌德在这里不仅批判了启蒙运动的规范诗学，也批判了市民社会以理性为中心的启蒙运动倾向。按照千篇一律的规范创造出的作品，无异于注重理性的市民阶层的生活。虽然遵循理性判断和规范，就不会出现坏人和拙劣的作品，但是也绝不会诞生杰出的人和卓越的作品。

但是，另一方面，所有的清规戒律，不管你怎么讲，统统都会破坏我们对自然的真实感受，真实表现！……朋友们啊！你们不是奇怪天才的巨流为什么难得激涨汹涌，奔腾澎湃，掀起使你们惊心动魄的狂涛么？——亲爱的朋

---

① ［德］歌德：《少年维特的烦恼》，杨武能译，人民文学出版社1999年第2版。——译者注

友，那是因为在这巨流的两边岸上，住着一些四平八稳的老爷，他们担心自己的亭园、花畦、苗圃会被洪水冲毁，为了防患于未然，已及时地筑好堤，挖好沟了。[①]

维特进一步主张：基于理性的规范和规则抑制了自然感情，阻碍了天才的出现。理性将天才与情感束缚在一个固定的框架内来维持秩序，妨碍了伟大的变化和创造的喷涌。无论是艺术作品还是社会行为，为了成就伟大的事情，就需要天才创造的巨大力量首先去打破市民们为了维持秩序井然的生活而铸造的牢固堤坝，并摧毁他们的日常生活。

超越了绝望爱情的故事

解析到这里我们可以知道，歌德认为自然、天才和情感对立于理性而秩序井然的生活。真正的艺术不可能在依赖理性思考的井然有序生活中产生，只能由

---

① ［德］歌德：《少年维特的烦恼》，杨武能译，人民文学出版社1999年第2版。——译者注

被自然赐予天赋的艺术家在猛烈爆发的情感中，颠覆理性的生活秩序时被创造出来。最终，《少年维特的烦恼》这部小说是在一个青年绝望爱情背后隐藏着狂飙突进式艺术观。

现在，让我们进一步思考，如果将艺术预设为一种无法被理性控制的激烈情感的爆发，那么我们要如何理解在同样强烈的情感下做出的自杀这一行为呢？尽管这是一种所谓痛苦的消极情感。就像在阿尔伯特和维特的对话中所表明的，自杀与伟大的艺术一样，存在于理性而秩序井然的市民生活的对立面。

那么，自杀难道就不是狂飙突进式艺术的象征吗？如果说维特的死给许多有过类似单相思经历的年轻人带来感动、同情和情感宣泄，那么他的死亡难道不具备某种艺术效果吗？《少年维特的烦恼》毋庸置疑是一个悲情的单相思故事，但是从象征性层面来看，难道不是狂飙突进式艺术的一种体现吗？

我们需要更加详细的解析来证明这一点，这是一种可以让欣赏作品变得更加丰富多彩的有趣想法。但讽刺的是，正是启蒙运动的哲学家康德，将自然之美视为无须修饰的完美之美，并将能够人为地再现出这种美的艺术家看作天才。我们批判了半天以理性为中心的启蒙运动的诗学，竟然就到了探讨康德美学理论的这一刻。

我们可以将其视为，这是提前暗示了歌德在创作《少年维特的烦恼》之后，在狂飙突进运动的世界观和艺术观中融入了启蒙运动，并转向了同时追求和谐与自然之美的古典艺术。另一位古典主义代表人物席勒也是康德的忠实追随者，这一事实也极具启示意义。

在基督教世界观中发现的自由

如果你下定决心像剥洋葱皮一样一层一层地解读
《少年维特的烦恼》的话，除了我们至今为止谈到的爱
情故事、启蒙运动和狂飙突进式世界观的对立、狂飙
突进式艺术观之外，还能发现更多的东西。举例来说，
让我们再来读一遍 5 月 10 日的信：

每当我周围的可爱峡谷霞气蒸腾，呆呆的太阳悬挂
在林梢，将它的光芒这儿那儿地偷射进幽暗密林的圣地
中来时，我便躺卧在飞泉侧畔的茂草里，紧贴地面观察那

千百种小草，感觉到叶茎间有个扰攘的小小世界——这数不尽也说不清的形形色色的小虫子、小蛾子——离我的心更近了，于是我感受到按自身模样创造我们的全能上帝的存在，感受到将我们托付于永恒欢乐海洋之中的博爱天父的嘘息，我的朋友！随后，每当我的视野变得朦胧，周围的世界和整个天空都像我爱人的形象似地安息在我心中时，我便常常产生一种急切的向往，啊，要是我能把它再现出来，把这如此丰富、如此温暖地活在我心中的形象，如神仙似的呵口气吹到纸上，使其成为我灵魂的镜子，正如我的灵魂是无所不在的上帝的镜子一样，这该有多好呵！——我的朋友！——然而我真去做时却会招致毁灭，我将在壮丽自然的威力底下命断魂销。①

在这段被许多读者称为"最无聊"的引文中，维特写的是他被近距离看到的自然之美所震慑，失去了把它搬上画布的勇气。通过这段文字，维特一方面强

---

① ［德］歌德：《少年维特的烦恼》，杨武能译，人民文学出版社1999年第2版。——译者注

调了自然之美，另一方面也间接地指出将其以艺术形式再现出来是一件多么困难的事情。

但如果是习惯了寻找隐藏信息的读者，就不难发现这里同样隐藏着一些东西，尤其会被将自然之美与神性紧密结合的部分所吸引。神存在于自然万物之中。像虫子或是文字之类微小的事物之中也蕴含着神性。而这正是自然之美的秘密所在。

这种在一切自然现象中发现神性就是我们所说的泛神论。当然，歌德不仅没有否认具有人格体的神，还以"照他自己的模样创造我们的全能者"这一表述，专门代指了基督教唯一的神——上帝，因此看起来并不像直接挑战基督教的世界观。但是，万物皆有神性的说法，显然与信奉唯一神的基督教对自然的理解是不同的。

像这样，虽然栖身于基督教内却自由地解释教义，是歌德作品中展现的宗教观的一个特点。歌德的代表作《浮士德》中也是如此。在剧作《浮士德》中，因为上帝是以剧中角色的形式出现，因此可以说这部作品基本上描述的是发生在基督教框架内的事情。但是剧作中上帝做出的一些判断，对当时的普通基督教徒来说是难以想象的。这是因为在剧作中，由于得到恶魔梅菲斯托·费勒斯帮助的浮士德犯下可怕罪行而发疯的纯真女孩格雷琴，以及没能经得住梅菲斯托·费勒斯诱惑而长期走在堕落之路上的浮士德，最终都被上帝拯救。

"如同撒旦诱惑般的书"

但在歌德的著作中，受到当时的基督教徒和神职人员最强烈抗议的莫过于《少年维特的烦恼》了。但这并不是因为歌德对自然的泛神论式描述。众所周知，在基督教中自杀是"抛弃上帝赐予的生命的行为"，是最大的罪过之一。因此，那些选择自杀的人在死亡的那一刻是无法得到神职人员的祝福的，也不能埋葬在教会所管辖的墓地里。正是出于这个原因，德国最著名作家之一的海因里希·冯·克莱斯特也未被葬在公墓里，而是位于他自杀的那个柏林宁静的湖畔。

但在《少年维特的烦恼》中，正是读者们投入了感情，一起爱过、一起痛过的主人公维特，他不仅积极支持自杀，最终也选择了自杀。仅此一点，就可以说这是一部反基督教的小说了。此外，小说还以下述方式结尾：

老法官闻讯匆匆赶来，泪流满面地亲吻垂死的维特。他的几个大一点的儿子也接踵而至，一齐跪倒床前，放声大哭，吻了吻他的手，吻了吻他的嘴。尤其是平日最得维特喜欢的老大，更是一直吻着他，直至他断气，人家才把这孩子给强行拖开。维特断气的时间是正午十二点。……几名手工匠人抬着维特，没有任何教士来给他送葬。[①]

甚至连孩子们都为维特之死而悲伤的情况下，却没有任何一位宗教的代表人物对维特的死亡表现出哀

---

① ［德］歌德：《少年维特的烦恼》，杨武能译，人民文学出版社1999年第2版。——译者注

悼或是悲伤。而且这是小说的最后一句话。读了这样结尾的读者们不禁要问："既不能抚慰我们的痛苦，也不会哀悼死亡的宗教，真的有人情味吗？"

当时的神职人员在读了这样的小说内容和结尾之后感到愤怒是理所应当的事情。当时汉堡大主教约翰·梅尔希奥·格策这样说道：

这部小说的目的只是抹去一个年轻傻瓜自杀这一行为的耻辱，并且将主人公的无耻行径包装成英雄般的行为。……年轻人在读了这本该受到诅咒的书之后，就会使灵魂染上黑死病的溃疡，而这肯定会在某个时刻破裂。更难以置信的是，审查制度竟然没能阻止这么一本如撒旦诱惑般的书出版！

那么，歌德是在通过这部小说来表达对基督教的批判或是反基督教的宗教观吗？单凭这部小说，我们可以肯定地说，歌德至少没有彻底立足于教义来理解基督教的宗教观。正如前面我们说过的，歌德虽然没有完全脱离基督教的框架，但显然他具有泛神论和自由的宗教观。

赤裸裸地描绘阶级矛盾

与宗教方面的内容一样令人震撼的，是《少年维特的烦恼》中几近露骨的政治内容：

……真不知这是些什么人，整个的心思都系挂在那种种繁文缛节上，成年累月盘算和希冀的只是怎样才能在宴席上把自己的座位往上挪一把椅子。并非他们除此别无事做；相反，事情多得成堆，恰恰是为忙那些无聊的琐事去了，才顾不上干重要的事。……（出自《第二编·一七七二年一月八日》）

……这当口，最最高贵的封·S太太率领着自己的丈夫老爷以及她那只孵化得很好的小鹅——一位胸部扁平、纤腰迷人的千金走进来了，并且在经过我身边时高高扬着他们那世袭的贵族的眼睛和鼻孔。我打心眼儿里讨厌这号人，因此打算一等伯爵与他们寒暄完就去向他

告辞……①（出自《第二编·三月十五日》）

为了摆脱单相思的痛苦，也为了按照母亲的意愿成为一名成功的公职人员，维特开始在宫廷工作。但这只会让他经历又一次的痛苦。在高级官员和贵族之间工作的维特，对他们的繁文缛节观念和只关注宫廷地位的做派厌倦不已。一次，贵族们以维特只是一个市民却出现在了不应该出现的场合为理由将他当作笑柄嘲笑。这次经历让维特最终离开了宫廷。

这个情节虽然看起来是在批判宫廷和公职社会的文化，但结合历史背景来看的话，它也在委婉地展现贵族阶级和市民阶级之间的政治矛盾。

《少年维特的烦恼》是在 1774 年出版的。考虑到在法国，市民阶级推翻皇权统治的法国大革命发生在1789 年，而且 1832 年爆发了一场席卷整个欧洲市民阶级的革命，我们就可以看出《少年维特的烦恼》写作的时期，正是欧洲内部的皇室和贵族与市民阶级之

① ［德］歌德：《少年维特的烦恼》，杨武能译，人民文学出版社1999 年第 2 版。——译者注

间的政治矛盾正在加剧的时期。这就意味着，我们无法脱离这个问题去理解小说中出现的市民阶级和贵族阶级之间的矛盾。

当然，从歌德对法国大革命的态度就可以看出，歌德是一个渐进的改革派，并不是追求激进变革的人，所以很难说《少年维特的烦恼》中揭露的政治矛盾以及对贵族的批判是激进的。尽管直接批判了贵族阶级，C 伯爵却被描绘成了最积极的人，以及国王对离开宫廷的维特给予的安慰，让维特大为感动等，都可以让我们知道，与其说歌德是在批判身份制度的阶级社会体系，不如说他针对的是某些支配贵族阶级的特定文化。

除此之外，在《少年维特的烦恼》中，还有好几层需要解析的故事层。比如早早失去母亲、像母亲一样照顾和扶养八个弟弟妹妹的夏洛特，是一个充满母爱的女性。而夏洛特的生日又和歌德的妹妹柯尔内莉亚一样是 12 月 7 日。那么歌德和柯尔内莉亚之间异常亲密的关系是不是与这部小说有什么关系呢？

还有《少年维特的烦恼》中提到的各种文学作品是以什么目的去选择的呢？特别是放在垂死的维特书桌上的那本启蒙文学作家莱辛的剧作《爱米丽雅·迦洛蒂》又意味着什么呢？《少年维特的烦恼》中隐藏着很多仅读了一遍就会很容易被略过的内容。

什么样的小说称得上是杰作？

就我个人而言，每次读《少年维特的烦恼》时，我都觉得它是一部非常好的小说。第一个原因是，就像我们到目前为止看到的那样，这部小说有多个解析的层次。更让人惊讶的是，隐藏在每个层次的故事既不相互干扰，也不相互矛盾，而是和谐地融为一个整体。你可以像剥洋葱皮一样一层一层地去阅读这部小说，也可以把它当成一个故事来欣赏。

另一个重要的原因是，它最外层是一个情节层，这层的情节也很有趣。如果读过很多名家著作或是经典名著的读者，想必会认为这是理所应当的事情。很多作品，尤其是著名作家们的晚年著作中，常常会看到故事情节几乎消失的作品。随着知识水平的提高，名家们在晚年进行创作时，往往会从意义最深的层次开始写作，而忽略了表层应该有的故事情节。

不言而喻的是，只有非常熟悉这些著作所涉及问题的来龙去脉，或是习惯于阅读这类小说的读者们，才能够体会到其中的乐趣。不过，就算将有深度的故事分成几个层次来讲述，也无法像《少年维特的烦恼》这样从最外层的情节开始就给读者提供了阅读的乐趣，反而很有可能让许多读者无法到达他们不熟悉的意义层次。

当然，"有趣的情节"也是让《少年维特的烦恼》即使在社会文化环境完全不同于 18 世纪的现在，仍然能够广受读者喜爱的重要原因。在当今的文化市场上，能够让广大读者易于欣赏的大众文化和相对来说受少数人喜爱的经典文化，没有任何差别地展开竞争。这时，情节的趣味性就成了决定其是否能在市场上生存的决定因素。

即使表面情节之下隐藏的内容多么有深度，如果故事情节无法提供任何乐趣的话，这部作品就很难在文学市场上生存下来。那些仅仅因为是"经典"而被阅读的"无趣的"作品，只会给现在的读者们带来痛苦的阅读体验和"经典著作都是无趣的"印象。

如果你是一个主要阅读古典文学的读者，那么你可能会觉得"越是高水平的著作，故事情节有意思的可能性就越低"。然而，高水平的著作之所以让人觉得无趣，是因为它们是根据与现在不同的文化要求来创作的，并不一定在当时也是无趣的作品。更何况，"无趣"与否也并不能作为评价一部作品质量高低的标准。

从现在的角度来看，一个有趣的故事情节是非常必要的，它为通向更深层次的趣味，比如结构美、人生和社会、对世界的思考、自由的想象力、解析的乐趣、文辞之美等，铺就了道路。就算是具备多么深刻内涵的作品，也是进入的门槛越低越好，因为在连西方经典的价值都受到质疑的后威权主义时代，强迫读者去阅读"无趣"的作品是不合理的。这对于生活在完全不同的文化和历史背景中的我们来说，是理所应当的事情。

从这个角度来说，《少年维特的烦恼》是一部具备了能够让现今读者接受的所有条件的经典著作。这样一个简单的故事，不仅引发了当时年轻人的热烈反响，还作为流传至今的名著给现今的读者带来感动，不是没有原因的。

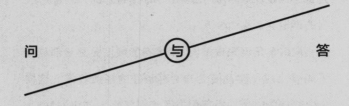

为什么很多重要的德国文学
著作都没有被翻译成韩语？

　　说一部德国文学作品是"重要的"，就意味着它在德国文学史上具有重大的意义。但这并不意味着它对我们一般读者来说是重要的或是有意思的。因此，许多重要的德国文学著作仍未被翻译成韩语。没有人会翻译并出版一本根本卖不出去的书。因此，这类翻译和出版往往是在学术领域进行的。再加上韩国研究德国文学的历史并不是很长，研究者也并没有很多，所以翻译速度也不太快。

但是，一些研究者一直在出品优秀的翻译作品，所以从长远来看，前景并不会达到绝望的地步。我希望有朝一日，所有德国具有代表性的文学作品都能被翻译出来，从而拉近德国文学与普通读者们的距离。这也将拓宽我们的文学和文化视野。

为什么当时的年轻人如此喜爱狂飙突进式文学？

启蒙思想只注重初期制定的规范诗学和理性，而狂飙突进式文学则是年轻作家们对这种思想的反抗。他们反对只依靠形式来判断文化作品价值的老一辈的专制文学观，力图在文学中表达激烈的情感和情绪，而非理性思考。因此，引领狂飙突进运动的作家都是进步的年轻作家，而喜爱他们作品的读者大多也是年轻人这一点就不足为奇了。另一方面，由于它强调的是激情和即兴的情感表达，而不是形式，所以文学完成水平也比较低，所以留存至今的作品并不是很多，这也是可以理解的。

第三章 _____

仍然充满

未解之谜的书

——霍夫曼斯塔尔《第 672 夜的童话》

寻找作品和作者的相关信息，在此基础上调动已有的知识对作品进行解析之后，当你一个一个地解开第一次阅读时无法破解的内容时获得的乐趣，是无与伦比的。最终看出整部作品的意义，并领悟到作者的意图时所感受到的喜悦，是完全有别于感动的。这种智慧的共鸣会给予你极大的快乐。

世纪末

美丽人生的忧郁

像解谜般阅读

有的小说读起来像一个谜。能够把握的情节非常稀少，充满了不明其意的事件和描述，根本不知道作者究竟在说什么。奥地利著名作家之一的胡戈·冯·霍夫曼斯塔尔的短篇小说《第672夜的童话》①就是这样一部作品。

首先，书名的含义就显得很模棱两可。为什么偏偏是第"672"夜，又为什么是童话呢？即使我从头

———————————
① 本章中关于《第672夜的童话》的部分解析与作者曾发表的论文内容一致。——作者注

到尾仔仔细细地读了这篇小说，也没能找到答案。而且故事情节也简单到可以用一句话来概括：一个富家男子为了洗清仆人的冤屈进城时，被马踢死了。与简单的故事情节相反的，是它过于冗长的、难以理解而又层出不穷的描述。

但是这篇小说非常的美。尽管读翻译版也能感受到其优美的词句和描写，但如果去读德语原版的话，就会感觉整篇小说就像由一篇长诗写成的。但仅此而已吗？难道它只是一篇词句和结构优美，而情节却空乏无味的小说吗？

第三章的目的就是破译和解开这部小说如同暗号一样的语句和谜题般的故事。并在这个过程中，去体会解读和破译小说的乐趣。为此，我们要做的第一步就是去尽可能多地收集关于小说的信息。首先，让我们来了解一下这部小说的出版时间，也就是被称作"世纪转折时期"的19世纪末至20世纪初德国的情况。

但是，在我们正式开始探讨之前，我想拜托读者们一些事情。我相信大部分读者已经读过这篇小说了，但如果还没有，那么在我们进行进一步的探讨之前，请你一定先去读一下《第 672 夜的童话》。这篇小说的篇幅不长，所以想必很快就能读完。我认为，先将这个故事以你自己的方式解析之后再来看下面的内容比较好。然后，让我们一起解开谜题，它会给你带来很多意想不到的乐趣。

成为艺术和文化主题的"性"

正如我们在第一章讨论过的，19 世纪后期德国的社会和文化发生了巨大的变化。特别是自然科学的发展和以此为基础的工业革命，不仅改变了工业和社会结构，也从根本上改变了德国人的人类观和世界观。尤其是达尔文的进化论使人们认识到，人类是与其他生物一样的自然现象，从而动摇了延续数百年的基督教人类观的根基。

对人类是自然现象一部分这一认识的改变，首先让两种认识人类的新观点拥有了可能性：第一种人类观是否定自由意志的决定论；第二种是作为性而存在的人。

在自然科学的思维方式中，人类被视为自然现象意味着人类的存在和生活无一例外地受到自然规律的支配。这也代表着特定人类个体的生存和生活是由围绕他的遗传和环境条件决定的，其结果就是"自由意志"或是"神的意志"等形而上学的概念将失去介入的余地。就此，人类从位居神与自然之间的特别存在，转变成了命运由遗传、社会和经济条件决定的一种自然现象。

如果说人类是自然现象的一部分，是经历了漫长的进化过程才成为拥有现今样貌的有机体的话，那么人类就可以被看作一种性的存在。当个体数量超过环境所提供的食物能够支持的个体数量时，个体之间就会为了生存而展开竞争，进化基本上是在这一过程中实现的。在竞争过程中，生来就具备有利于获得有限食物的形态特征的个体将生存下来，之后会将这个形态特征遗传给后代从而逐渐促进进化的产生。

那么可以说，这种进化的动力就是生产出尽可能多个体的自然意志，也就是性欲。因此，存在于所有生物体内并引导所有生物进化的最本质的自然属性就是性欲。如果人类也是一种自然现象，是受进化规律支配的生物，那么构成人类本质的最核心要素就是同其他生物一样的性欲了。在悠久的基督教传统中，一直被视为一种罪恶并被隐藏和压抑的性欲，从此开始被看作构成人类本质的一种属性。

只有在人类观发生这样变化的过程中，才能理解为什么性与情欲在 19 世纪末突然成为德语文化圈艺术和文学的一大主题。在这一时期，对于想要认真探索人类本质的艺术家和作家们来说，以艺术或是文学的方式去描绘人类的本质，就意味着描绘人类的性欲。

在古斯塔夫·克里姆特的《达娜厄》《朱迪斯》《接吻》等作品中出现的浪漫女性，托马斯·曼的作品《巍峨松根族的血脉》（*Wälsungenblut*）中出现的近亲乱伦，弗兰克·韦德金德（Frank Wedekind）的剧作《青春的觉醒》（*Frühlings Erwachen*）中出场的青少年的性和《露露》（*Lulu*）第二部中出场的被妖魔化的女性，童话《小鹿斑比》（*Bambi*）的作者费利克斯·扎尔滕（Felix Salten）创作的小说主人公约瑟菲娜·穆岑巴赫，以及阿图尔·施尼茨勒（Arthur Schnitzler）的各种作品中出现的无数不道德的性欲等，都可以说是以艺术方式对作为人类本质的性欲进行描绘的尝试。

弗洛伊德对人类性欲的解释

这种将性作为人类自然本质进行理解的潮流不仅出现在了艺术和文学领域中。在研究人类心理和精神的学术领域，也很明显地体现了这种潮流。奥地利精神病学家西格蒙得·弗洛伊德（Sigmund Freud）在研究当时市民阶级女性中普遍存在的癔症的原因时，发现了精神病不仅能由大脑的物理性损伤导致，也可能因为心理因素引发。而且在对此进行研究的过程中发现，性欲占据了人类精神中最本质的领域这一事实。

根据弗洛伊德的说法，人的精神是由本我、自我和超我组成的。此时，作为精神最本质领域的本我则是由性欲及性能量构成的。超我则是在教育和社会化过程中逐渐产生的，是抑制和控制性欲的意志。而且我们所认为的自我的"我"，是徘徊于性欲及控制性欲的超我之间的不稳定存在。这种弗洛伊德的精神分析学构想的独特之处在于，除了在自然性欲中寻找人类本质之外，还将其看作位于人类的自然性欲和人为控制之间的不稳定存在。

自然性欲和人为控制这个理解人类的二元论结构在弗洛伊德的文明论中也有所体现。弗洛伊德完全沿袭了传统欧洲的自然观和文明观，认为自然与人类相对立，即人类文明是在战胜自然的过程中推动的，并将其发展成了更加极端的对立关系。在弗洛伊德看来，文明是在压抑人类的自然本性，即性欲的过程中发展起来的。抑制性欲所产生的剩余能量则被用来发展文明。因此，人类文明史也就是压抑性的历史，文明的发展意味着自然本性的弱化，即性与生命力的弱化。

19世纪末"生活"与"文明"的对立

性与文明的对立关系是当时文学作品中的经常会

涉及的主题。与霍夫曼斯塔尔有着莫逆之交的奥地利作家施尼茨勒的剧作《轮舞》（Reigen）就是最有效地描述这个主题的作品之一。在该作品出版的19世纪末和首次上演的20世纪初，《轮舞》在当时可以说非常大胆，在文化界乃至全社会引起了巨大的反响。

《轮舞》由十篇独幕剧组成。每一幕剧都会出场两个人物，其中一个是在前一幕中已登场过的人物；在第十幕也就是最后一幕中，曾在第一幕中出场过的"妓女"会再次出场。这样就完成了从第一幕到第十幕由出场人物而非故事情节串联而成的循环结构。各篇独幕剧之间虽然在情节上没有关联，但是在内部结构上是相互联系的。这是因为，除了妓女和伯爵出场的最后一幕之外，所有独幕剧都呈现出"对话—性—对话"这一结构。

全剧不同社会阶级人物出场都使用了这一结构，以表明性欲与社会条件无关，是每个人的行动根源。而且，不同人物对待同一种欲望的不同反应，通过性交后的对话来展现，清楚地揭示了人对性欲的态度会因文明发展的程度而不同。

比如在第一幕中，出场的妓女和士兵这两类人属于文明发展程度最低的群体，他们之间的对话仅仅作为一种直接揭露性欲的手段，因此对话简短而直接。与之相反，对属于极度文明群体的贵族阶级的伯爵来说，性欲需要经历复杂的步骤和冗长的对话，通过一种程式化的生活过程才能得到满足：首先给性欲对象的女演员送花，之后亲自拜访，然后在演出结束之后派马车将女演员接回来，接着经历冗长的对话和美妙的晚餐，才会有满足欲望的机会。

然而，文明程度并不仅仅影响性欲实现的过程。属于文明程度较低群体的人，性欲和性能量比较强；属于文明程度较高群体的人，性欲和性能量则比较弱。因此，在剧中，一个士兵能够连续发生两次性关系，但富有的市民阶级已经患有性功能障碍，而伯爵也绝对不可能接连发生两次性关系，甚至有时根本无法发生性关系。

像《轮舞》这样讽刺文明和性欲，或是文明和自然本性的对立关系，在 19 世纪末的各种文学作品中都予以了更加严肃的对待。但有意思的是，创作这些作品的作家们都属于文明程度最高的群体。因此，在他们的作品中，充满自然生命力的人一方面被描绘成文明程度较低的、有别于自己的人，另一方面又被描绘成憧憬的对象。

这些作家在这种世纪末的厌世氛围中，从市民阶级的角度，也就是文明程度高的群体角度，描述了极度文明却失去生命力且走向没落的市民阶级或贵族，以及虽然文明程度较低但充满活力的、即将成为未来世界主人的社会底层阶级的两种截然不同的生活。然而，在这种文艺思潮的另一端，却出现了另一个寻找价值的同时敌视自然本质和自然生命力的文学群体。他们就是只从"美"本身发掘生活和艺术价值的，我们称为的"唯美主义"。

翻译诗歌之难

首先让我们来读一下德国唯美主义代表诗人斯特凡·格奥尔格（Stefan George）的诗《到那些说是枯死的园子里看看》（*Komm in den totgesagten park und schau*）。

到那些说是枯死的园子里看看：

远处微笑的河岸闪烁着微光。

纯洁的云团的意想不到的蔚蓝

照亮了彩色缤纷的小路和池塘。

看那边一片深黄。

那些桦树和山毛榉柔美的灰色。风很温和。

迟开的蔷薇还没有完全枯干。

挑一些吻吻，把它们编成花环。

这些最后的紫苑也不要忘记。

野葡萄蔓四周的一片紫色

还有余剩的生气盎然的绿意

把它们轻轻地跟秋容编在一起。①

翻译外语诗歌已经不能被称为难事，而是要说它
是几乎不可能之事了。在诗歌中，韵律和音乐元素与
内容同等重要，因为根据使用的语言，韵律具有完全
不同的特点，因此很难翻译成其他语言。在韩语诗歌
中，韵律是以音节的个数，也就是元音的个数写成的。
在韩语中，因为每个字都会包含一个元音，每一个字

---

① ［德］斯特凡·格奥尔格：《到那些说是枯死的园子看看》，钱
春绮译，载杨恒达主编：《外国诗歌鉴赏辞典③（现当代卷）》，上
海辞书出版社 2010 年出版。——译者注

都可以被计为字数。正是因为这个原因，我们是以字数来记诵时调①的韵律的。

与之不同的是，在德语中决定诗歌韵律的不仅是音节的数量，还有重音。因此，德语的韵律不可能以重音不具有任何意义的韩语翻译出来。其结果是，将德国的诗歌翻译成韩语时，除了将内容翻译成韩语并适当地押韵以使其看起来像诗歌外，很难再做更多。这就导致了当翻译一些特别注重韵律的诗，比如上面这首诗时，就会非常伤脑筋。这首诗的美在很大程度上来自它的韵律，如果韵律消失，我们就只能欣赏它的内容了。

此外，格奥尔格为了赋予诗词以视觉美，在创作诗词时并没有依照语法而是使用了自创的字体，将文章的第一个字母和名词的第一个字母都印制成了小写。甚至连标点符号也使用了变体，将诗歌中的所有句号都替换成了间隔号。我们如何用韩语来再现这类

① 时调，朝鲜中世纪国语诗歌形式之一。时调继承了乡歌的三分段和"落句"的形式，形成于高丽末期（14 世纪末）。——译者注

独特的诗歌呈现出来的视觉印象呢?

好在现在对我们来说重要的不是这首诗的韵律,而是诗的内容,所以读它的翻译版也没什么问题。那么就让我们来仔细地读一读吧。

从"文明"而非"自然"中寻找美

首先,我们可以从诗的内容来判断,这首诗的第一句"说是枯死的园子",指的似乎是深秋的花园。深秋是树叶枯萎、落叶纷飞的时节。诗中的"我"指出,只有在这个时候来到花园,才能发现真正的美。

但这句话读起来会觉得有些奇怪。通常,自然之美是绿意萌发、百花争艳的春天,或是绿荫如盖的夏天,又或是层林尽染的秋天。诗中的"我"却说,在树叶凋零前夕、即将迈入冬天的花园中才能感受到美,并将这种美描述为与色彩斑斓的枫叶之美相去甚远的颜色。

这首诗中出现的颜色并不是代表德国秋叶的灿烂金黄色,也不是代表韩国秋叶五彩缤纷的颜色。在诗中"我"的脑海中，看似不存在明亮而绚丽的色彩和光芒。用来描述晚秋之美的颜色是"远处微笑的河岸闪烁着微光""纯洁的云团的意想不到的蔚蓝"，以及白色、灰色、蓝色等接近无色的、冰冷且阴暗的颜色。

只能从"小路和池塘"的"彩色缤纷"中找到色彩绚丽的秋叶的痕迹，但这些秋叶也是已经从树枝上掉落到池塘或是小路上的，即将腐烂的、失去了光彩的树叶。还有就是拥有这样颜色的晚秋，其"迟开的蔷薇""最后的紫苑"，以及死亡之色的"紫色"，也就是从生机勃勃的夏季"生气盎然的绿意"中"余剩的"，将这些垂死的东西"编在一起"就能完成真正的美了。对于诗中的"我"来说，美来自濒临死亡的和失去生命力的东西。

这首奇异的诗发表于 1897 年，正值世纪末情绪即将攀升至顶峰的时期。在这一时期，人们开始越来越关注那些失去生命力而逐渐没落的文明，而不再注重前面我们提到的从自然的生命力和性与文明之间的对立关系中新发现的"性"。因此，诗集的名字也是与自然的生命力和性的概念完全相反的，以意为精神和灵魂的"Seele"为中心的《灵魂之年》（*Das Jahr der Seele*）命名。不是肉体或是自然之年，而是精神之年。如果考虑世纪末这一背景，这个书名也清楚地说明了诗人格奥尔格是从何处寻找自己的审美价值的。

格奥尔格和维特一样，不是在自然中寻找理想之美，而是在与其对立的文明、被排除在自然生命力之外的事物（濒临死亡的树叶和花）、人为创造的东西（花环）中寻找的美。从这一点来看，《到那些说是枯死的园子里看看》在审美和诗学原则上，也可以被看作是一篇唯美主义诗学思潮的宣言。

展现唯美主义文学特点的另一篇代表诗歌是费利克斯·多曼（Felix Dörmann）的《我所爱的》（*Was ich liebe*，1892）。

我爱那聒噪而瘦削，

拥有如血红唇的水仙花（纳西斯）。

爱那刺伤我心扉的

痛苦的想法。

我爱那苍白无血色的女人们，

爱那耗尽感情的热情燃烧之后

显露疲惫面容的女人们。

我爱那色彩绚丽的蛇们

如此柔软、细腻而冰冷。

爱那充斥着哀叹和恐惧

饱含死亡之感的歌曲。

我比任何矿石都爱

那无心的翠绿的宝石。

爱那幽蓝月光下的

黄色的山坡。

我爱那充满了热力的

诱人而沉甸甸的香气。

爱那被闪电染黑的云

以及狂怒的灰色大海。

我爱那不被任何人所寻觅，

得不到任何人的青睐。

我是如此不纯洁的存在

以及稀奇而病态的一切。

之所以在阐释唯美主义的诗学特征时，就会使用这首诗为例，是因为诗的最后一行。正如格奥尔格的诗歌所体现的，因为对于"病态的一切"，濒临死亡的、失去生命力的事物的爱就是唯美主义最重要的特征。此外，对于"无心的翠绿的宝石"的爱也是意味深长的。疾病和失去生命力的最终形态就是死亡，所以，最终只有一开始就没有生命的非生物体才必然是最美的。而"无心的翠绿的宝石"，也就是宝石作为没有生命的美丽非生物体，是唯美主义式美的象征。

然而，有一点我们不能误会。唯美主义者之所以喜爱没有生命力的事物，并不是因为它们濒临死亡或是已经死去。这是因为他们所追求的极度文明的生活是与自然相反的概念，具有越是发达越会失去生命力的特性。依照生命和性所代表的自然与文明之间对立的二元论世界观来看，唯美主义者追求文明的极度发展，必然导致生命力的丧失和对死亡的追求。

审美价值远胜本质！

这种世界观和美学原则所带来的文学成果，在爱德华·冯·凯泽林（Eduard von Keyserling）的小说《和谐》（*Harmonie*）中得到了充分的体现。与托马斯·曼、韦德金德等一起活跃在慕尼黑的贵族作家凯泽林，在1903年出版了长篇小说《贝阿特与马莱勒》（*Beate und Mareile*）之后，通过多部描写没落贵族们的唯美主义生活的小说而闻名。

《和谐》是出版于1905年的短篇小说。在这部小说中，凯泽林从丈夫费利克斯的视角描述了生活得极其文明的贵妇人安妮玛丽的生活。在小说的开篇就出现了多个定义安妮玛丽性格的描写和事件。在这里最引人注目的首先是安妮玛丽无性的特点。在嫁给费利克斯时，安妮玛丽就被描述为无关乎年龄的"拥有小而尖尖的乳房"和"还是半个孩子"。

"Femme enfant"意为女童，在19世纪末的欧洲，是缺乏性魅力的女性形象，也是典型的因文明化而丧失性能力和生命力的人物类型。所以很容易理解为什么安妮玛丽在结婚流产之后，会得神经衰弱症。一个生命力即将枯竭的人，根本不可能诞下新的生命，或是在诞下新生命后还能安然无恙。

小说开始于出发去长途旅行的费利克斯在听说安妮玛丽从疗养院回来的消息之后，回到家的那个晚上。与妻子久别重逢的费利克斯再次意识到，她是多么坚定地按照自己的方式生活，又是多么坚定地默默拒绝不适合自己的事物并按照自己的意愿在生活。

"谢谢，但它不适合我。"

安妮玛丽用这句话拒绝了一切不符合她挑剔的审美品位的东西。而且作为贵族的最后一个后裔，她坚信生活中最好的事物已经被指定给了自己，从而坚定而严格地贯彻着自己的唯美主义生活。例如，安妮玛丽拒绝了前来探望费利克斯的客人，理由是他的手湿漉漉的，而且袖子上还缝着纽扣。这充分体现了安妮玛丽的性格，即比起客人来访的原因，她更看重自己的审美品位。

过着唯美主义生活的人的共同特点是，认为一个事物或事件的美学价值比起它的本性或是目的更加重要。在用餐的时候，比起满足食欲，他们更注重餐桌布置得多么漂亮，进餐的方式多么优雅；在雇用仆人的时候，他们首先确认的不是他工作做得如何，而是他的外表和举止是否违背了自己的审美价值。

以死亡完成的唯美主义生活

这种唯美主义者的态度让生活成了一种烦琐的"程式"。肚子饿了就随便吃点，生气了就大喊大叫，难过了就痛哭流泪，想骑马了就穿着现在穿的衣服直奔马厩等事情，是根本不可能发生的。所有的事必须按照既定的程式优美地进行，所有的感情必须以一种人为的、克制的方式，即艺术方式来表达。顺便提一下，在德语中，意为"人为的"的词语"künstlich"

和意为"艺术的"的词语"künstlerisch",两者的词根都是"Kunst",意为"人造"。"Kunst"一词又有"艺术"的意思。

作为唯美主义生活的代言人,安妮玛丽的这种性格在以下的场景中得到了最好的体现。安妮玛丽向回到家的费利克斯指示了以下要做的事。

"亲爱的,上午最好去领地看看。戴上那顶灰色的大毡帽,穿上那双及膝的靴子。当你经过窗子的时候,要大声说话。嗯,训斥别人也无妨。听到自己的声音心情会很好。然后就来我们这儿。"

安妮玛丽并不是希望费利克斯为了某个具体的目去做某些事情。她想要费利克斯以自己的存在感、穿着、动作、声音等打造出一个符合她品味的"场景"。安妮玛丽甚至想把自然融入自己的审美体系。

"今天我们会有龙虾汤、野鸡和菠萝面包,再喝点儿香槟。等晚霞漫天的时候，就到那个蓝色的房间听你讲讲那些陌生的地方，接下来夜莺就会歌唱。然后我们打开窗户去倾听。今天就这样度过了。"

晚餐菜单和之后要说什么当然可以人为决定。然而，安妮玛丽甚至想要将晚霞和夜莺，也就是大自然的一部分，都融入自己的唯美主义生活之中。

然而，与安妮玛丽不同的是，她的丈夫费利克斯拥有自然的欲望，无法生活在她创造的唯美主义世界中。程式化的唯美主义生活让他感受到的只有造作和痛苦。最终，费利克斯一方面以暴力强迫安妮玛丽服从自然的欲望，另一方面又与一个文明程度不高的市民阶级女郎发生了肉体关系。安妮玛丽高傲地忍受了这一切，将她的唯美主义生活维持到了最后一刻。

但不久之后，安妮玛丽结束了自己的生命，但她的自杀并不是像维特那样因为绝望。死亡意味着自然生命力的湮灭，因此可以说是唯美主义生活的顶点。正如格奥尔格深秋时节在生命力枯竭的花园中寻找美丽，多曼爱着生病和濒临死亡的事物一样，安妮玛丽通过自己选择的死亡来完成唯美主义的生活。然后，将其通过穿着白色衣服的安妮玛丽，在白色的月光下穿过花园，走入月光映照的池塘中这个令人毛骨悚然又美丽的场景，象征性地描绘了出来。

从一开始就"苍白得如同树荫下绽放的花瓣"一样病弱的安妮玛丽，通过一脚踏入身旁的死亡世界，戏剧性地实践了缺乏自然生命力的唯美主义之美。

生活不再美丽

在当时通常被称作"生活"的自然生命力和唯美主义生活之间的这种对立关系，在下面霍夫曼斯塔尔写给施尼茨勒的信中也很好地体现了出来。

亲爱的阿图尔：

美与生活！你有没有想过，生活就是我们内心慵怠的那一刻，尚未实际经历的时候尤其让我们更加满意，而且我们也非常清楚那一刻它是什么样子的，又是什么滋味。当你的信，装着这两个庞大的词的那封"愉快的"信来的时候，我真的正坐在餐桌上吃着饭，然后感到在我面前放着的现实中的蟹壳、鸡骨头、杏核之类的有点让人倒胃口。……但是，你却坐在有红色的大虾、泛着金黄色光泽的红葡萄和华丽火鸡的，异常美丽的静物画面前。要想吃它们，你就必须把它们撕开、煮熟、剥皮、切开然后咀嚼。这样做了之后，一切美丽的东西就不复存在了。但它们就是为了让我们吃而存在的，而不是为了看。这就是"生活"。……（1893 年 9 月 9 日）

　　这封信是对正在意大利旅行的施尼茨勒写给霍夫曼斯塔尔的信（1893 年 8 月 24 日）的回复。施尼茨勒在信中描述了自己停留的小镇风景之后，将每一处风景后面的括号里都写上"美"或是"生活"，霍夫曼斯塔尔对这"两个庞大的词"印象极为深刻，因此写下了以上这封回信。在这封信中，霍夫曼斯塔尔以食物作比，准确地展示了唯美主义生活的本质和困境。

　　吃饭的本质是满足食欲和摄取营养。吃饭的程序、食物的形状或是摆放都不属于吃饭的本质。但是对于写这封信的霍夫曼斯塔尔来说，食物的审美价值似乎远不止于此。摆在他餐桌上的食物不仅是满足食欲的一种手段，同时也是一幅"美丽的静物画"，即与食物的本质作用和价值都无关的、具备独立的审美价值的观赏对象。

对于将审美价值视为与本质价值同等的或是更大的霍夫曼斯塔尔来说，吃饭是一个难以解决的困境。这是因为食物的审美价值在你吃的那一刻就被破坏了，反之，如果你为了维护食物的审美价值而不去吃，那么食物就不再有存在的意义了。想必那些经常在社交媒体上发布美食照片的读者更能理解这种情况：如果你忘了拍照而先吃了几口，就再也拍不出好看的照片了。

审美价值与本质价值的冲突引发的困境，对霍夫曼斯塔尔来说是同样存在于人类生活中的问题。就像食物是为了吃而存在的一样，生活在根本上是为了活着而存在的，但你活着的那一刻，生活就不再美丽。

这种对唯美主义生活的极端理解，必然伴随着忧郁。因为将审美价值加以绝对化，不仅会将食物变得无法食用，更会让人没法生活，然而那些过着将审美价值加以绝对化的唯美主义生活的人，即使知道这一事实，也没有办法去选择其他的生活方式。

引领了维也纳现代文化全盛时期的霍夫曼斯塔尔

只用几句话就完美地概括了唯美主义精髓的霍夫曼斯塔尔，在 1874 年出生于奥地利维也纳一个富裕的市民家庭。霍夫曼斯塔尔的父母是改信了基督教的犹太人，他们让霍夫曼斯塔尔从小就接受了高水平的教育，霍夫曼斯塔尔也因此在 18 岁时不仅以德语阅读了德国文学的古典名著，还全部以该国语言涉猎了希腊古典名著、法国文学、英国文学、意大利文学、西班牙文学等。

他当时生活的维也纳是哈布斯堡王朝统治的奥地利和匈牙利两个帝国的首都，但和现在的维也纳一样，并不是一个很大的城市。即使在今天，人口也不足 200 万。但是，在从 19 世纪过渡到 20 世纪时，在多个艺术和哲学领域陆续出现了众多杰出的人物，因此现在我们也将这一文化全盛时期的维也纳单独称作"维也纳现代主义"。

画家克里姆特、创建了"十二音体系"的现代音乐之父阿诺尔德·勋伯格、青年风格建筑的巨匠奥托·瓦格纳、以去掉装饰的设计奠定了现代建筑基础的人物之一的阿道夫·洛斯、物理学家和哲学家恩斯特·马赫、语言哲学家路德维希·维特根斯坦、精神分析学家弗洛伊德等人物曾在世纪转折期活跃于维也纳。而在文学方面，除了霍尔曼斯塔尔以外，还有施尼茨勒、斯特凡·茨威格（Stefan Zweig）、里夏德·贝尔 - 霍夫曼（Richard Beer-Hofmann）、彼得·阿尔滕贝格（Peter Altenberg）、扎尔滕、赫尔曼·巴尔（Hermann Bahr）、利奥波德·安德里安（Leopold Andrian）等杰出的年轻作家同时发表了诸多备受瞩目的作品。

位于维也纳一所文理中学中的霍夫曼斯塔尔、贝尔 - 霍夫曼、施尼茨勒、阿尔滕贝格的名牌。

他们都来自同一所文理中学。

在这样的文化背景下，当时还是一名高中生的霍夫曼斯塔尔，在1890年将自己的第一首诗寄给了当时发行文学杂志的巴尔。之后，茨威格对巴尔与霍夫曼斯塔尔第一次会面时的印象做了如下记录：

赫尔曼·巴尔常常向我叙述他当时的震惊。有一次，他的刊物收到一篇文章，是从维也纳寄来的，作者是一个不见经传的名叫"洛里斯"的人——当时不允许中学生用真名发表作品。他从世界各地收到的众多稿件中，唯有这篇极不寻常：语言典雅富于想象，内涵丰富，落笔娴熟飘逸。这位洛里斯是谁呢？他问自己。肯定是一位把自己的见解琢磨了多年，并且在神秘的隐居中用纯净精辟的语言冶炼成一篇几乎是魅力无穷的文章的老人。这是一位智者，也是一位天才诗人。我们住在同一个城市，我怎么就没听说过呢？巴尔立刻给这位素不相识的人写了一封信，约定在一家咖啡馆——著名的格林斯坦特尔咖啡馆、文学青年的大本营——会面。突然，一个穿着童装童裤、身材修长、尚未留胡子的中学生，迈着轻快的步伐走到巴尔面前，微微一鞠躬，简短又坚决地说道："我是霍夫曼斯塔尔！也就是洛里斯。"①

当时文理学校是一所隶属人文类中学的德语学校，禁止学生用自己的名字发表作品。因此霍夫曼斯塔尔用了笔名。

总之，这位像彗星一样出现的年轻作家，先后出版了剧作《提香之死》（*Der Tod des Tizian*，1892）、《傻子与死神》（*Der Tor und der Tod*，1893）、《厄勒克特拉》（*Electra*，1904，歌剧版是 1908）、《凡夫俗子》（*Jedermann*，1911），以及散文《一封信》（*Ein Brief*，1902），歌剧原作《玫瑰骑士》（*Der Rosenkavalier*，

① ［奥］茨威格：《昨日的世界》，徐友敬等译，上海译文出版社2018 年出版。——译者注

1911，音乐：施特劳斯）、《失去影子的女人》（*Die Frau ohne Schatten*，1911，音乐：施特劳斯）等优秀的作品，与当时维也纳的年轻作家们一起引领了维也纳现代主义文学的全盛时期。

至此，大概有不少读者会问同一个问题："为什么这么一位知名的作家，他的名字却让人觉得陌生呢？"当然，如果是喜欢歌剧的读者可能会因他是里夏德·施特劳斯的歌剧《玫瑰骑士》《厄勒克特拉》等的原作者而知道他的名字，但遗憾的是，霍夫曼斯塔尔在韩国的知名度远不如在欧洲。这是因为他的作品被翻译得不多。换句话说，目前在韩国连一本译作都买不到。之所以译作不多，是因为他的作品多为戏剧，语言艺术的比重非常之高，翻译之后作品的魅力就会几近消失。

终于破译了
暗号般的文字

刻画出典型的唯美之人

到目前为止，为了解析作品，我们已经探讨了 19 世纪末的时代背景以及文化史和文学史的脉络。那么，现在是时候回到这篇如同谜一样的小说了。到底这篇情节单薄的小说想要表达的是什么呢？让我们跟着故事情节循序渐进地来解读。读者们，不妨暂时停下来，根据目前所了解的内容自己来解析一下这篇小说之后，再接着读下面的内容，然后将它和自己的解析进行比较，那将会非常有趣。

《第 672 夜的童话》与奥斯卡·王尔德的作品《道

连·格雷的画像》（*The Picture of Dorian Gray*，1890）都是在被视为欧洲唯美主义文学典范的约里斯-卡尔·于斯曼斯（Joris-Karl Huysmans）的小说《逆流》（*à rebours*，1884）的影响下创作的。尤其是两篇小说的基本设定几乎相同，皆是一个早早失去父母的富有青年，厌倦了放荡的生活，选择和几个被特别挑选出来的仆人一起隐居在豪宅中，埋头于布置住所。然而，《第672夜的童话》的主人公——年轻的商人之子所体现的唯美主义生活方式，与《逆流》的关联性显得更为明显。这首先表现在他的人际关系，特别是与女性的关系上。

他对他的朋友们丝毫也不感兴趣，女人的美貌也无法俘获他的心，他不希求、也无法忍受那种卿卿我我的二人世界，因此他越来越孤独，而这种孤独的生活似乎最适合他的性情。[①]

---

① ［奥］霍夫曼斯塔尔：《第672夜的童话》，贺骥译，《译林》2008年第4期。——译者注

在这篇简短的引文中，最引人注目的有两点：第一，他对婚姻和随之而来的性欲实现与否一点都不关心；第二，他没有发现足够吸引他的"女性的美丽"这一事实。这暗示了在 19 世纪末将自然本性和文明视为对立的人类观中，年轻的商人之子是一个远离自然本性的文明程度高的人，或是典型的唯美主义之人。

　　主人公的这种性格在布置房子的过程中也很好地体现了出来。年轻的商人之子与《逆流》的主人公德塞森特一样，以细腻而充满感性的方式布置房子，他被"地毯、织物、丝绸、装有护墙板的精雕细刻的墙壁、烛台、金属盆、玻璃器皿和陶器都非常华美"，也就是并非存在于自然中，而是由人类制造的事物之美所吸引。当然，他也在"海豚、狮子、郁金香和珍珠等"动物和植物的形象和颜色中发现了"伟大的、富有深意的美"，但这里的"海豚、狮子、郁金香和珍珠等"名字所代表的并不是自然中实际存在的动物和植物，而只是装饰着围绕在他周围的家居用品的图案和颜色。

　　一方面，这样的审美情趣再次揭示了对年轻的商人之子"远离自然"的定义，另一方面又将事物的审美价值加以绝对化，从而显示了将事物的实际存在疏离于本质的唯美主义美学认知的特点。在年轻的商人之子看来，烛台和金属盆不再具备放置蜡烛或是盛水的基本功能，而是要通过美来界定的，同样"海豚、狮子、郁金香和珍珠等"也不再是实际存在于自然中的，而是以艺术再现的美丽装饰。

在小说开头和结尾都出现过的"死亡"这一主题，在提升小说的结构上起到了重要作用，也表现出了审美价值与现实之间的差距。主人公年轻的商人之子，长期以来纠缠于"死亡的念头"。但是他并不是因为害怕而想到死亡。"没有生病"的商人之子没有害怕死亡的理由，对死亡的意念反倒让他对自己的富有、聪慧、青春之美而感到自豪。他为镜子中的自己感到自豪，并这样想：

当他念着谚语"有生必有死"时，他的感觉良好，就像一位狩猎时在陌生的森林中迷路的国王在奇树之间穿行，奔向陌生的、奇妙的命运。当他说着谚语"屋成而死期至"时，他看见死神正慢慢地朝他走过来，死神已穿过府邸附近的、由长着翅膀的雄狮桥座支撑的桥梁，而他的这座已建成的华屋则摆满了奇妙的生活用品。[①]

　　对商人之子来说，死亡并不意味着生命的湮灭。对他来说，死亡是赋予了生活童话般神秘感的"陌生的、奇妙的命运"，是"穿过""由长着翅膀的雄狮桥座支撑的桥梁"的浪漫的客人。对于以审美的角度看待一切的主人公来说，从女性到家居用品和动植物，甚至连死亡都丧失了本性，成了审美的对象。

　　唯美主义生活和仆人们

　　拒绝生活的自然本质，只追求审美价值的年轻商人之子的生活中，却有几个不可或缺的前提条件。为

---

① ［奥］霍夫曼斯塔尔：《第 672 夜的童话》，贺骥译，《译林》2008 年第 4 期。——译者注

了维持日常生活甚至满足生存需求的活动是不能包含在审美范畴中的，因为它们从属于现实目的，或是以体力劳动为前提。因此，如果一个人想要过上不被任何目的所束缚的、只追求美的审美主义生活，就要首先解决经济问题和日常劳作问题。

其中，经济问题并不构成困难。虽然没有详细介绍，但从小说中的描述，比如雇用了四名用人，即使不工作也可以维持富裕的生活等细节，也可以推测主人公从曾是商人的父亲那里继承了一大笔财产。但是，日常生活问题并不能简单地用钱来解决。因为需要能够代替你完成日常劳作的人。商人之子则是通过三名女仆和一名男仆解决了这个问题。

《逆流》的主人公德塞森特也是通过女仆和男仆创造了维持唯美主义生活的条件。然而，当德塞森特开始隐居的生活时，他解雇了所有的仆人，只留下了自己非常熟悉的、擅长家务的老夫妇，因为他们能够在不暴露自己的存在的情况下帮助他打理好一切所需。这也清楚地表明，在维持唯美主义生活方面，仆人既是必要的条件，又是妨碍的因素。

正如我们之前在施尼茨勒的剧作《轮舞》中探讨过的，身份与文明程度有着密切的关系。社会地位越高，文明程度也就越高，那么与自然本性的距离就会越远；社会地位低则意味着文明程度低，那么他们就可能过着更接近自然本性的生活。从这个角度来看，属于社会底层的德塞森特的仆人们，虽然与他一起生活在极度文明的空间里，但在本质上却是远离唯美主义生活的、保持着自然本性的人。

因此，为了创造尽可能接近唯美主义理想的生活条件，即去除一切自然元素，女仆和男仆对德塞森特来说是不可或缺的，又是需要尽可能被去除的存在。正因如此，他解雇了所有的仆人，只留下了几乎没有存在感的一对老夫妇。

年轻的商人之子也面对着与德塞森特一样的问题。而他也在开始隐居生活的时候，解雇了所有的男仆和女仆，只留下了"忠实而且性格"让他满意的四名仆人，从而解决了这个问题。其中，年老的女管家是与德塞森特的仆人老夫妇一样，在他们家工作了很久而且没有什么存在感的、熟悉的人。此外，"她能唤起商人之子对亲生母亲的声音和对他所热爱的童年的回忆"，这也是年轻的商人之子将年老的女管家留在身边的原因之一。

然而，在唯美主义背景下，年老的女管家能够留下的重要原因是她最为接近死亡。"暮年的冷漠"以及"苍白的面孔和惨白的双手"所象征的与死亡的距离之近，不仅体现在她的年龄，还体现在曾经做过年轻的商人之子保姆的女儿和其他的孩子都已经死了。虽然年老的女管家已经接近死亡，但这不代表她就属于文明的生活范畴。然而，从死亡意味着自然生命力的枯竭这一点来看，年老的女管家相对来说与自然生命力相距较远，因此对于要去除所有自然事物的年轻唯美主义者来说，她比其他的女仆和男仆更能够容忍。

与年老的女管家不同的是，年轻的女仆并不是因为她所固有的属性而留在主人公的家里，尽管年轻的商人之子认为"她并不是绝色美女"，但看起来他仍将她视为审美的对象并将其融入了自己的生活。这在他欣赏映在镜子里的年轻女仆身影的场景中尤为明显。

　　有一次他在一面倾斜的镜子里看见了那位大姑娘。她正在穿过一间较高的邻室，但是在镜子中她似乎正从低处朝他走来。她缓慢而艰难地走着，身体却非常端正。她的每只胳膊都抱着一尊沉重而瘦长的灰青铜印度神像。她用手握住带有纹饰的女神像的脚，阴暗的女神像从臀部直到颧颥的部位都紧贴着她的身体，死寂的女神像的重量落在她鲜活而柔嫩的肩膀上。女神像阴暗的头部长着一张凶恶的蛇嘴，额头上睁着三只狂野的眼睛，冰冷而坚硬的头发上戴着恐怖的首饰；女神像的头随着少女慢步的节拍在她的香腮旁来回晃动，摩擦着她秀美的太阳穴。但是她迈着庄严而迟缓的步伐并不是因为她抱着沉重的女神像，而是因为她要保持她的头部的秀美，她头上戴着沉重的漂亮金首饰，明额两边的上方耸立着两个大发髻，她走起来就像战场上的女王。……[1]

_____

[1] ［奥］霍夫曼斯塔尔：《第 672 夜的童话》，贺骥译，《译林》2008 年第 4 期。——译者注

欣赏年轻女仆之美的年轻的商人之子，再次表现出了前面提到的唯美主义式审美认识的特点。不管其是否与客观事实一致，而只是将主观重构的印象视为美丽，从而将被观察对象的审美价值与被观察对象的本质分离开来。这首先由他欣赏的不是女仆的真实面貌，而是镜子里映出的女仆的面貌这一点做出了暗示。在这里，从镜子中映照出的形象是去除了现实本质的、纯粹的视觉印象来看，可以被看作唯美主义审美认识的象征。

在这部作品中，镜子出现了三次，无论是在何种情况下，它都构成了审美认识的重要前提。无论是在觉得自己长得很美的时候，还是年轻女仆的面貌看起来美丽时，镜子都是传递或是扭曲外貌的视觉印象的媒介。镜子里面映照出的形象，都是去除了现实本质的、纯粹的审美认识的对象。年轻的商人之子利用镜子这个唯美主义媒介，将年轻女仆当作了主观审美认识的对象，从而让不可或缺却又与自己本质不同的女仆的存在变得更容易忍受。

两个世界的对比和危机

但是，这样创造出的唯美主义生活不可能是完整的。从根本上去除自然本性，意味着拒绝作为生物的生活根源——自然生命力，换句话说也就是追求以死亡为导向的"生活"，这本身就是矛盾的。唯美主义生活的另一个内在矛盾就是仆人们的存在。就像我们在前面谈到的，仆人是唯美主义生活所必需的前提条件的同时，又是妨碍纯粹的唯美主义生活的存在。这是因为，无论他们多么没有存在感，或者被赋予了何种审美价值，他们在本质上都是可以简单地比喻成"狗"一样的、接近自然的人类。

最能体现这一点的是不到 15 岁的小女仆。小女仆是四名仆人中唯一不是商人之子亲自挑选的，而是经商人之子同意、被年老的女管家带来的一位远房亲戚。有一天，这个小女仆从窗台跳向庭院的时候摔断了一根锁骨，虽然并没有明确说明她这样做的原因，只是简单地提到了"她阴暗的灵魂中突然冒出一股怒火"。

但是，之后向前来探望她的主人公赤裸裸地表露出的敌意，暗示着她的跳窗行为与商人之子有关。就像我们探讨过的《和谐》这篇小说一样，在世纪转折期这个文化背景下，克制情绪、情感表达与控制欲望一样，被看作是高度文明生活最重要的特点之一。与之相反，直接表达情感和欲望是文明程度较低，即接近自然的生活的典型特征。

　　在这样的背景下，《第672夜的童话》中小女仆这一情节，似乎简洁而直接地展现了她文明程度较低的自然生活特性。因为这个简短故事的全部内容，即"从窗台跳向庭院"的情节和"对自己主人赤裸裸的敌意"的行为，也明确地体现出了"直接表达强烈的意志和情感"这一自然生活的特征。

　　当我们将小女仆看作是自然生活的代表人物时，看似对主人原因不明的敌意以及对未知对象的"愤怒"就得到了解释。实际上，这一切都是针对强迫自己去过不想要的生活的主人的，进而可以理解为揭露了唯美主义生活和自然生活之间存在的危机和潜在矛盾。

虽然不像小女仆一样直接表露出来，但是其他女仆和男仆与年轻的商人之子之间隐藏着源于生活本质差异而导致的无法消除的危机。而且，对唯美主义生活来说，男仆和女仆是必不可少的这一点来看，这种危机是由唯美主义生活内在的根本矛盾造成的。这种矛盾有时会让年轻的商人之子产生不安和"恐惧"之感。

……他不用抬头就知道：他们正在注视他，每个仆人都从各自的房间一言不发地看着他。他非常了解他们。他能感觉到他们的生活，他感到他们的生活比他自己的生活更强烈、更有力。对自己的生活他有时能感觉到一丝感动或惊奇，而对这四个仆人的生活他却感觉到一种谜一般的压抑。他以一种噩梦般的清晰感感觉到这两个老仆人正在走向死亡，他们的面容和体态随着时间的流逝必然逐渐变得老态龙钟，他对他们的面容和体态了如指掌；他还能感觉到这两位少女的生活是多么沉闷、单调。仆人们的沉重生活就像噩梦一样使他心悸，就像一场痛苦不堪的、十分恐怖的、醒来后随即忘却的噩梦，而他们已对这种沉重的生活感到麻木。

有时为了摆脱恐惧，他必须起身出去散步。……①

正像我们在这段内容中看到的，无论多么年老而衰弱，无论是否被主人赋予了符合唯美主义生活的审美价值，男仆和女仆们在本质上都是过着自然生活的人。因此，当他们做完了自己的工作时，也就是不再需要从事或是作为主人唯美主义生活的一部分时，他们就回到自己的领域，回归了原来的自然生活。

此时，他们"活着"，按照生活的自然循环，要么过着正常的生活，要么走向死亡。而商人之子对他们的这种自然本性，或是他们敌视的目光，感到了"一种谜一般的压抑"和"恐惧"。因为，虽然是为了保证自己的唯美主义生活而让他们陪伴着自己，但一旦他们意识到自己是"活着的"，他们就不再是唯美主

① ［奥］霍夫曼斯塔尔：《第 672 夜的童话》，贺骥译，《译林》2008 年第 4 期。——译者注

义生活的一部分，而是会变成破坏唯美主义生活的纯粹性的，并打破平衡的、异于自己的、具有威胁性的元素。

这一刻，代表了自然生活的他们，以敌视的目光看着压抑他们的本性的唯美主义生活，或是代表着这种生活的商人之子；而当商人之子意识到，不管自己多么努力都无法从"生活"上完全摆脱这种目光，而且他根本不可能完全实现唯美主义生活时，他便陷入了"极度恐惧"之中。

一种可怕的压抑感、一种对生活的无法逃避性的极度恐惧萦绕在他心头。……①

三名女仆和一名男仆作为保证商人之子能够过上唯美主义生活的必不可少的条件，他们只能留在他的身边。但也因为他们，商人之子永远无法过上纯粹的

---

① ［奥］霍夫曼斯塔尔：《第 672 夜的童话》，贺骥译，《译林》2008 年第 4 期。——译者注

唯美主义生活。总是围绕在他身边的仆人们在本质上是过着自然生活的人，因此需要仆人来实现的唯美主义生活，就意味着商人之子永远不可能彻底实现唯美主义生活，绝对"无法从生活逃避"。

从情感的触动到
理性的共鸣

唯美主义生活的必然困境

在《第 672 夜的童话》的故事中，如果说有哪个情节看起来不太合理的话，大概就是年轻的商人之子在读了一封不知名的人诬陷男仆的信后，为了保护男仆而立即采取行动的部分。当然，当我们先不考虑主人公将女仆们和男仆当作美丽装饰物和宝贵私有物的态度时，商人之子因"害怕以这种令人厌恶的方式失去男仆"而感到非常不安，因此产生"似乎在侮辱和损害他最内在的精神财富"的感觉，也是相当有可能的。

然而，不可否认的是，在他看完这封信之后，立马就寻访男仆的前主人波斯公爵府邸这种积极的行为，确实与他一贯被描述成的无为生活和审美风格这一特点是不太相符的。然而，考虑到之前讨论过的商人之子与几个仆人之间的关系，他这种看似前后不一致的行为也不足为奇了。

三名女仆和一名男仆是唯美主义生活最重要的前提条件。特别是男仆是商人之子唯一一个自己从外界带进来的，特别让他感到满意的人物。因此，失去他，即失去"由于习惯和其他神秘力量他和波斯男仆这类人已经完全结合在一起"的人，也就意味着他无法再继续维持自己一直以来的生活方式。至少在他找到另一个可替代的仆人之前。

因此，一想到要失去男仆，他就觉得"他的全部生活内容正无声地离他而去，……就像一捆海藻一样被人扔在一旁、遭到唾弃"。也可以说，他为了保护男仆而采取的积极行为，从本质来看并不是为了仆人，而是出于保护自己生活的迫切需要。

但是，这种行为与为了保障自己的唯美主义生活，让作为自然存在的仆人们围绕在自己身边这件事，有着同样的内在矛盾。保护男仆的行为，也就是为了保护唯美主义生活的行为，反而让年轻的商人之子远离唯美主义的空间，将他带入自然生活领域，最终使得他无法实现唯美主义生活。

无论是动机还是充满矛盾的结局，保护男仆的行为与让女仆和男仆围绕在自己身边的行为，可以被看作是相同的。然而，如果让女仆和男仆围绕在自己身边的行为充其量只是制造了一种对生活的模糊的、抽象的"恐惧"，那么保护男仆的行为则是将年轻的商人之子带入现实生活领域，最终会像故事中写的那样让他遭遇致命的事件。

从熟悉的空间到充满敌意的空间

在寻访波斯公爵失败之后，年轻的商人之子在寻找可以住一晚的旅馆时迷了路，走入了"居住着许多妓女"的街区。正如我们提到过的《轮舞》的例子，在世纪转折期的文化背景下，社会身份被看作与文明程度成正比。于是，社会底层人居住的街道意味着文明程度较低的，相对来说更接近自然的生活领地，这也代表着商人之子作为一个唯美主义者进入了对自己充满敌意的空间。在这个挂着"红色的窗帘"而且外面放着"落满灰尘的丑陋花草"的地方，让他注意到的是与自己的唯美主义生活能够联系到一起的寒酸的珠宝店。

在这个危机四伏的地方，代表了唯美主义式美之精华的珠宝被用来买卖的珠宝店，让年轻的商人之子无法不将它当成避风港。当然，位于平民区的珠宝店不可能有配得上主人公的珠宝。在摆满了"从典当人和窝主那里买来的""廉价的首饰"的珠宝店中，最多只能找到一些适合女仆们的东西。

在这里，主人公为年老的女管家买了一件首饰，为年轻的女仆买了一面银镜。考虑到之前吸引年轻主人的正是镜子里女仆的样子，主人公的行为与其说是为了女仆，不如说是为了满足自己的审美价值。这时，主人公为了给女仆买一条项链，被珠宝店的店主逐渐带入了店铺的深处。然后，他在第二间屋子，一间"低矮的起居室"的窗外，发现了有趣的东西。那是两座玻璃花房。

虽然玻璃花房是在自然中存在的植物生长的地方，但由于是通过对自然环境进行人为操作来调整和控制植物生长的所在，因此玻璃花房也可以看作是被予以文明化的自然空间，也是文明与自然的交汇之处。走入花房这个像珠宝店一样让他熟悉的空间之后，商人之子忘记了时间的流逝，欣赏了"许多奇异的水仙花和银莲花，还有一些他从未见过的枝叶繁茂的奇树"。然后，他被吓得急忙后退，因为一个大约四岁的小女孩正隔着花房的玻璃盯着他看。

小女孩的眼神在很多方面都让人联想到，在夏季别墅中主人公感受到的仆人们的视线，也就是充满了攻击性的视线。首先，小女孩的长相、身形、头发等都和年老的女管家带来的小女仆一模一样，这一切都让小女孩的出现"使得他惊恐万状"。其次，小女孩对商人之子表现出的敌意也比小女仆更加强烈。而这种敌意也同样是原因不明的。

……他弯下腰去看小女孩的脸，她的脸色惨白，眼睛由于愤怒和仇恨在颤动，下颌的一排小牙齿由于暴怒而紧咬着上唇。……①

如果考虑小女仆不大的年纪、行为的动机、对感情直白的表达、对商人之子的敌意等各种自然生活特点，那么这个小女孩的容貌和态度可以说是比小女仆更加接近自然的。而且这种暗示在小女孩拒绝他为了博得自己的好感而掏出的银币的态度中，表现得更加明显。

商人之子看到小女孩的样子之后，"心中充满了恐惧，太阳穴和咽喉感到一阵刺痛"，将从口袋里摸到的几枚银币掏出来给了小女孩。但是，给小女孩银币的这个行为并不是为了给小女孩提供具有经济价值的钱。

---

① ［奥］霍夫曼斯塔尔：《第 672 夜的童话》，贺骥译，《译林》2008 年第 4 期。——译者注

商人之子掏出银币给小女孩，只是因为银币"叮当作响"还"闪光"，即因为它的审美价值，这可以看作是他试图拉拢作为自然存在的、对自己带有敌意的小女孩，来确认自己的唯美主义价值对小女孩也是有效的。小女孩仿佛理所当然一样地扔掉了银币，而银币也消失在木板格栅下面的一条地缝里。

对年轻的商人之子来说熟悉而有趣的玻璃花房，在小女孩离去之后，开始变得阴暗，呈现出了完全不同的一面，或者说是被完全不同地看待了。这时，在商人之子看来，它们不再是之前百看不厌的神奇植物，而只是架子上放着的一排"陶制花盆"里插着的"蜡花"。它们并不是单纯被控制的自然存在，而是像珠宝一样没有生命的、完全人造的、纯粹为了装饰而被制造出来的存在，完全满足了唯美主义之美的核心前提条件。

但不知道什么原因，商人之子觉得这些蜡花并不美丽。在商人之子看来，这些蜡花是"僵硬的""不同于活的鲜花"，又"像遮住了眼窝的阴险的面具"。商人之子所表现出的细微变化，在知道小女孩从外面锁上了花房的门之后，也就是意识到在逐渐变暗的夜晚，被关在陌生的花房中时，变得更加明显。

这时，微小的声音都会让他真正感到害怕，从而抛弃了淡漠而沉稳的姿态，丝毫不顾忌头上高高的细树干和落了一地的树叶，"爬"出去找到了另一扇门。然后，迫不及待地想要离开这个让他不安的地方，他爬到了连接对面楼顶露台的木板上，而这块木板被搭在几层楼高的、两边砌了墙的深沟上。

当商人之子意识到自己站立的木板有多高时，感到极度的焦虑和眩晕，觉得"死亡即将来临"。但这时的"死亡"不再是之前在家中想象的"庄严而华丽的""慢慢地""穿过""由长着翅膀的雄狮桥座支撑的桥梁"这样没有实体的浪漫想象了。让站在木板上的商人之子陷入恐惧的是现实的、物理上的死亡，是迫在眉睫的生命威胁。

商人之子被即将到来的死亡恐惧所压倒，立即蹲了下来，闭上了双眼，自暴自弃地摸索着抓住了对面门的栅栏。幸运的是，门被打开，他猛地跃上了对面楼的露台。这是拒绝生活的自然本性，只追求人为的、程式化之美的年轻商人之子，在真正面临死亡的威胁时，义无反顾地将自己投身于现实生活中。

为了保护唯美主义生活而离开家的商人之子，穿过自然生活和唯美主义之美交汇的寒酸的珠宝店和玻璃花房之后，不仅在空间上，同时也在内心上，逐渐接近文明程度很低的、自然生活的领地。

这样，商人之子来到的地方是一个不再有珠宝店和玻璃花房，彻底的底层人的空间——自然生活的空间。

象征自然生活和本性的存在

小说在最后将空间设定在了兵营。主人公即将迎接的死亡之处是一个简陋而肮脏的地方，虽然这并不是一个美丽的场所，但作家以非常感性的方式对它进行了描写。

……几名面色蜡黄、目光忧伤的士兵坐在栅栏窗边朝他叫喊。于是他抬起头来，闻到了从营房里飘来的发霉气味，这是一种几乎令人窒息的气味。……

庭院很大、很寒碜，由于此时已是黄昏，庭院在暮色中显得更大、更寒碜。院子里的人很少，院子的四周是低矮、肮脏的黄房子，在矮房子的映衬下，院子又显得更大、更冷清。……①

在这个味觉印象尤为深刻的地方，年轻的商人之子所看到的是去掉了程式化的生活装饰元素，具有特定目的的行为。不管是"身穿肮脏的亚麻布马夫制服的士兵"跪在地上洗马蹄的行为，还是一群同样穿着肮脏衣服的士兵，肩扛满满的他们要吃的面包进行运送的行为，都是直接关系到他们生计的身体行为。这样的身体行为强调了士兵们想要活着和生存的自然意志，表明了他们是过着接近自然本性的生活的人。

---

① ［奥］霍夫曼斯塔尔：《第 672 夜的童话》，贺骥译，《译林》2008 年第 4 期。——译者注

然而，士兵们看起来也不是这个空间的主宰。他们被描述成有着"哀伤的目光"，或是"疲惫的双眼闪烁着极度哀伤"，"趿拉着鞋子，走得很慢"，扛着装满面包的口袋的士兵们，如同"背着丑陋的重负艰难地朝前走着"，"这些肩扛面包袋的士兵很像身披麻袋布的寒酸乞丐"。

　　他们并不是过着单纯地忠于自然本性和欲望的生活，而是像在什么人的强迫之下，承受着生活的重压而活着。士兵的这种形象的暗喻，在他们洗马蹄的场景中揭示了出来。

　　然后他朝那些跪着洗马蹄的士兵们走去。马夫们看上去很相像，他们的外貌酷似坐在窗边的士兵和扛面包袋的士兵。……由于他们很难握住马的前蹄，因此他们的头在不停地晃动，他们疲倦的、蜡黄的脸庞仿佛在大风中时起时降。大部分的马头都很丑，马耳都向后竖起，马的上唇外翻，露出了上排的犬齿，马脸因此显得非常凶恶。这些马转动着眼珠，目露凶光，焦躁而轻蔑地从歪斜的鼻孔中喷出热气。队列中的最后一匹马尤其强壮和丑陋。它露出大牙，朝跪在它面前擦干洗好了的马蹄的士兵咬去，它想咬他的肩膀。这位士兵脸颊深陷，疲惫的双眼闪烁着极度哀伤的目光，一种苦涩的、深深的同情在商人之子的心中油然而生。……①

在这个场景中，跪在地上一脸疲惫地洗着马蹄的士兵们的形象，与"目露凶光，焦躁而轻蔑地从歪斜的鼻孔中喷出热气"的马的形象形成了鲜明的对比，给人以一种他们是为马服务的仆人的印象。与之相反，那匹朝着为自己擦干马蹄的士兵肩膀咬去的任性妄为的马，看起来反倒像是主宰着这个简陋肮脏生活空间的存在。

小说中反复暗示了马是象征着自然生活和本性的存在。例如，当商人之子想要在口袋里找一枚金币的时候，一匹马转过头来，"阴险地向后竖起马耳，用转

① ［奥］霍夫曼斯塔尔：《第672夜的童话》，贺骥译，《译林》2008年第4期。——译者注

动的眼珠注视着他"，马的视线让他联想起了夏季别墅里仆人们看着他的眼神，从窗台跳下去的小女仆的眼神和在玻璃花房里遇到的小女孩憎恶的眼神等，这些充满敌意的眼神让他想到了自己的生活，也让他感到了不安。

而且，马的"丑脸"让商人之子想起了早已遗忘的一个人的脸，"在他父亲的商店里只和那个穷人见过一面"。此外，将商人之子带入自然生活领域的，可以说充当了引路人的寒酸珠宝店店主试图将"镶嵌着普通宝石"的"旧式马鞍的金属饰片"卖给商人之子，却被他以"从未和马打过交道，根本不懂骑术"的理由坚定拒绝的场景，也预先暗示了马的象征意义。

而这匹拥有"丑脸"的马，踢了弯下腰想捡起掉在地上的绿柱石首饰的商人之子的腰部，对他造成了致命伤，最终确定了自己作为唯美主义生活的敌对方以及自然生活的象征意义。

对于注定要走向没落之人的怜悯

反观商人之子为了维护唯美主义生活而离开家，被带入与自己的意愿背道而驰的生活领域之中，最终死去。商人之子在昏迷不醒之时被士兵们安置在一个陌生的房间里，预感到即将到来的死亡，他痛苦万分地诅咒自己的仆人。因为他认为是他们将自己逼入了死亡的境地。

……他握紧拳头，开始咒骂他的四个仆人，是他们使他走向死亡的。波斯男仆诱使他进城，老太太诱使他走进珠宝店，大姑娘诱使他走进珠宝店的后室，小姑娘则通过她的阴险的替身诱使他走进玻璃花房，然后他从花房穿过恐怖的台阶和跳板，最后被马踢倒在地。然后他又重新陷入巨大的、阴郁的恐惧之中。他开始像孩子一样呜咽起来，不是由于肉体的痛苦，而是由于内心的痛苦。[①]

① ［奥］霍夫曼斯塔尔：《第672夜的童话》，贺骥译，《译林》2008年第4期。——译者注

这种怨恨只是强词夺理，因为无论是男仆还是女仆，实际上都无法左右商人之子的遭遇。奄奄一息的商人之子不可能不知道这个事实，但仍然怨恨男仆和女仆，因为他采取的一系列行为是与他们相关联的。

前往底层人居住地是为了保护男仆，在那里进入珠宝店和能看到玻璃花房的更内侧的房间则是为了给年老的女管家和女仆买首饰，不得不走过危险的木板来到马和士兵们的居住地却是因为那个和小女仆长得一模一样的四岁小女孩。

但这些行为并不是为了男仆和女仆，也不是出于对男仆的爱护之心。保护男仆是为了维护自己的唯美主义生活，给女仆们购买首饰则是为了赋予她们审美价值从而让她们更加符合自己的生活。此外，得以让小女孩锁上花房的门，是因为他想到了小女仆，所以没有马上离开花房，而是走到小女孩面前，试图用象征着唯美主义价值的银币将小女孩拉拢到自己的生活中。

诚然，商人之子的这些行为归根结底是因为男仆和女仆，但在根本上并不是为了他们，而是为了尽可能地维护自己的唯美主义生活。因此，主人公之所以会面对荒谬的死亡，是因为唯美主义生活是以自然存在的仆人们为前提的，从这一点来看，与完全否定自然生活的唯美主义生活的内在矛盾一样，悲剧性的结局早已隐含在唯美主义生活本质中了。

在《第 672 夜的童话》研究中，商人之子的突然死亡常常被看作是霍夫曼斯塔尔对唯美主义的批判。过着唯美主义生活的主人公突然没落并走向死亡，而他的死亡与小说前半部分出现的浪漫而美丽的死亡形成对比，被描述成痛苦而丑陋的，由此产生的与唯美主义生活的距离，却是可以充分看作是对唯美主义生活的批判。

此外，在这部作品出版前几个月，被誉为当时欧洲唯美主义代表人物的奥斯卡·王尔德因同性恋丑闻而瞬间声名狼藉，霍夫曼斯塔尔对此写了一篇能够联想到"商人之子"故事的文章等事实，也能成为这个观点的佐证。然而，尽管无论从作品的内部还是外在，都存在很多可信的因素，但要想将这篇小说解读为对唯美主义的批判，就要先澄清一个问题——对主人公唯美主义生活的描述并不是具有批判性的或是负面的，虽然不能说对它持肯定态度，但无法否认的是，主人公被描绘成了一个能引发情感共鸣的、善良的人，最终让人产生同情之情。

这首先体现在了主人公的行为中。不管是应年老女管家的请求接纳小女仆以及探望小女仆，还是为了洗清男仆的冤屈而立即采取行动，或是为女仆们购买首饰等，不论其隐藏的含义是什么，都将商人之子打造成了一个善良而讨人喜欢的人物。此外，他选择的唯美主义生活也无法成为批判他的理由，这是因为他没有能力去自主选择自己的生活方式和结局。

就像文明程度较低的仆人和士兵只能选择接近大自然的生活一样，商人之子作为极度文明的存在，也只能选择去过远离自然本质的唯美主义生活。性欲的丧失以及极其细腻的审美需求，与其说是他的选择和决定，不如说是从一开始就已经存在于他的本性当中。因此，也可以说，无论他的想法和意图如何，他的没落和死亡是从一开始就已经被设定好的。这是因为，正如我们至今为止所看到的，唯美主义生活的内在矛盾就注定了它会自行崩溃和没落。

对于无法按照自己的意志或选择去生活的商人之子来说，读者会投以什么样的批判目光呢？而且在这部小说中，所有的事实和事件都是完全以商人之子的角度去观察和描述的。这也就意味着，读者只能以商人之子的角度去观察故事中发生的事情，除非主人公的性格被刻画得非常负面，否则就很可能会分享他的情感和感受。

虽然商人之子在哀叹和抱怨中丑陋死去的形象会让读者对他多少产生一些距离感，但是对于以主人公的角度观察和感受所有经历的读者们来说，相比于对他进行批判，这种"悲剧性"的结局反倒会引起读者们的忧伤之情和对他的同情。

这样来看，出生在文明的末端，过着唯美主义生活，最终却因为唯美主义的内在矛盾而走向没落的商人之子的故事，看起来具有自相矛盾的特性。主人公之死虽然彰显了作者对唯美主义的批判态度，但同时也唤起了对展现唯美主义生活的主人公的同情之情。

这种自相矛盾也可以理解为，作者霍夫曼斯塔尔表达了对已经克服或是正在克服过去的自己——细腻敏感的年轻唯美主义者的怜悯之情。这种对注定要没落却没有任何办法去挽救的人产生的怜悯之情，不可避免地会引发忧伤情绪。

随心所欲去解析和享受乐趣的权利

迎来荒诞而无法逃脱死亡命运的主人公，再次让我想起了前面引用过的霍夫曼斯塔尔的信。无论食物被装饰得多么精美，都是为了吃而存在的，在你开始吃它的那一刻，食物的美丽就被破坏了。但为了维护美丽而不去吃食物的人，是无法维持生命的。霍夫曼斯塔尔以食物作比想要表达的是，高度文明的生活或是唯美主义生活的困境以及隐藏其后的忧郁情绪，在《第 672 夜的童话》中以"童话"的形式反复出现。

"美丽"的生活在"活着"的状态下是无法实现的，追求绝对美丽的人是缺乏活下去的能力的。因此，美丽人生的结局只能是死亡。美丽的生活总是笼罩着死亡的阴影，这个阴影正是唯美主义式忧郁的源泉。对于文明程度高的人来说，美丽生活并不是可以去选择和决定的问题，因此这种忧郁只会变得更加深重。

至此，我们已经一一解开了《第672夜的童话》给读者们留下的谜团。当然，除了这些解析之外也可能存在其他的理解。还剩下诸如"为什么是672夜呢？""为什么是童话？""在小时候曾在父亲店里见过一次的丑陋穷人的脸这件逸事代表什么意义呢？"等谜团等待我们去解开。

但是，搜索作品和作者的相关信息，在这些信息的基础上结合我们已知的知识来解析作品，在对第一次阅读时无法理解的内容一一进行破解的过程中感受到的乐趣，是无与伦比的。最终，能够看出整部作品的意义、理解作者的意图时所体会到的喜悦，是与情感上的感动全然不同的、智慧上的共鸣，是一种无可比拟的巨大乐趣。

当然，这也可能不是正确的答案。但是，它正确与否并没有多大的意义。我们很明白的是，文学赋予读者随心所欲地解析并享受其中的乐趣的权利。也正因为如此，你才能用自己的解析与其他读者进行交流，并由此获得更多的乐趣。

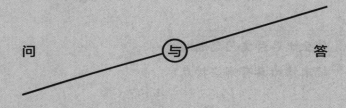

忧郁（melancholía）一词
具体是什么意思？

　　"Melancholía" 一词来源于古希腊语，是意为黑色的 "μέλας（melas）" 和意为胆汁的 "χολή（cholé）" 组合而成的词。这个词最初的意思是 "黑色的胆汁"，到了 19 世纪，主要被用作医学用语，意思是 "人的体液内由于黑色的胆汁过量而引起的抑郁症"。然而自中世纪以来，Melancholía 也被用作绘画和文学的重要素材。在绘画领域，德国画家阿尔布雷希特·丢勒的《忧郁症I》（1514）是代表作，而在文学领域，忧郁尤其被用于描绘世纪末情绪。

催生出各种文艺思潮的世纪末情绪具有哪些特点？

19世纪末期与其他的世纪末时期非常相似，奔向一个世纪的末端时，厌世情绪占主导地位。在此时期，认为欧洲文明已经发展至极致而只会走向没落的情绪尤为强烈。然而，这种悲观论与其他世纪末的情绪相比，确实存在一些特别之处。因为自19世纪中期以后，包括达尔文进化论在内的自然科学的发展，让人们看待人类和世界的角度发生了彻底的改变。这意味着数百年来在欧洲文明中占据中心地位的宗教世界观的崩溃，结果导致19世纪末不仅是一个数字上的结束，更是一个时代的实质性终结。宗教世界观崩溃的同时却没有新的世界观取而代之所造成的混乱局面，跨越19世纪末，一直持续到了第一次世界大战。

第四章

某一天，

偶然进入的奇异世界

——卡夫卡《变形记》《乡村医生》

卡夫卡的作品无法容忍正确答案式的解析。但这并不意味着无法接受解析本身。与之相反，卡夫卡的作品引发了无数的解析。它们只是无法容忍其中的任何一个成为正确答案罢了。

"卡夫卡的作品就像迷宫一样"

到目前为止，我们已经探讨了各种阅读和欣赏文学作品的方法。首先，通过《德米安》，我们知道了文学作品必须经过"解析"才能了解其真正的意义；通过《少年维特的烦恼》，明白了一部文学作品可以具备多个解析的层次；通过《第 672 夜的童话》，更是知道了谜一样作品的存在，如果不经过复杂的解析，就无法理解作品的内涵。但是，如果一部作品，并不是因为读者缺少信息或是经验而无法解析，而是从一开始就是无法解析的，我们要怎么做呢？

一般来说，这样的作品很可能是一部内部结构不清晰、故事内容不明确的糟糕作品。因此，通常情况下，它既得不到什么好评，更不会被读者选择。然而，也有例外——尽管在数十年的时间里，经过了评论家和研究者们的多方努力，仍没能得出一个令人信服的解析，但却备受全世界喜爱的作品和作家——弗朗茨·卡夫卡正是如此。

如果让我用一句话来解释卡夫卡的作品，那么我通常会这样说："卡夫卡的作品就像是一个拥有多个入口和多个出口的迷宫。"

根据阅读的角度，卡夫卡的作品可能看起来就像从一开始就没考虑解析这个问题而写的，所以根本无从解析，又可能看起来像充满了无数种解析的可能性。

这一方面意味着他的作品中没有清楚地揭示出他想要表达的内容，所以可能不具备坚实的内部逻辑以供推理。

另一方面，也意味着如果你退一步去看时，它就会像是从云朵中找出我们已知的某个形状一样，具有多种形态。我们将要探讨的作品之一的《变形记》就是这样。

一天早晨，格里高尔·萨姆沙从不安的睡梦中醒来，发现自己躺在床上变成了一只巨大的甲虫。[①]

当读到这段自 20 世纪以来全世界出版的众多小说中最著名的开篇之一时，读者必然会为之震惊。人竟然变成了甲虫！更何况，这部小说出版于追求真实描述事实的现实主义时代达到顶峰的不久之后，因此这个开篇更加令人震惊。

但具有讽刺意味的是，这部拥有如此离奇开篇的小说，是卡夫卡作品中算得上内容表达得相对清楚的，换句话说，是最容易解析的作品之一。这是因为变成甲虫之后发生的事情，充分地体现出了资本主义社会造成的人的异化。

---

① ［奥］卡夫卡：《变形记：卡夫卡中短篇小说集》，张荣昌译，上海译文出版社 2012 年出版。——译者注

大都市柏林的悲惨工人

卡夫卡的《变形记》出版于 1915 年，距今已有 100 多年的历史。以韩国的历史来看，这是日本殖民时期的第五年，可以说确实是一部很老的小说了。但是从 1900 年到第一次世界大战爆发的 1914 年，德国在经过了迟来的工业革命之后，现代化程度远远超过我们的想象。例如，1913 年德国的铁路总长度为 63378 公里，是 2005 年德国铁路总长度 38000 公里的大约两倍。

城市面貌跟现在的柏林也没有太大的差别。在 1912 年发行的旅行指南《专业人士的柏林》中对柏林的面貌做了如下的描述。文中的"威尔特海姆"指的是保留至今的连锁百货商场。

德意志帝国的国都和普鲁士王国的首都，德意志皇帝和普鲁士国王的居住地，德意志帝国议会和普鲁士议会的所在地。

据最新资料显示，柏林生活着 2088629 人，大约相当于整个巴登公国的总人口数。驻军规模为 23000 人，如果将 31 个卫星城市的人口统计在内，柏林的人口数将增加至 3019887 人。柏林占地面积 6352.25 公顷，周长为 45 公里……

柏林的主要火车站所处的位置，能够让第一次来到柏林的游客在到达的那一瞬间就感受到这个大都市的繁华。……首先要去的地方是从弗里德里希大街前往莱比锡大街那条路，之后则是从莱比锡大街上行至波茨坦广场的路。在这条路上有一个"威尔特海姆"，你一定要进去看看。然后，你就会在让人眼花缭乱的德国生活中，第一次体会到束手无策的感觉。

从"威尔特海姆"出来后，继续朝波茨坦广场方向走。要想直接感受柏林如织的车流，你就要从"威尔特海姆"右侧大门出发，穿过广场之后到达位于波茨坦站右侧的吉亨啤酒屋！然后就站在那儿，观看一会儿这个川流不息的、无与伦比的景象。晚上七点到八点之间，你一定要再走一次这条连接到波茨坦广场的路。然后乘坐 5 路公交车返回。这时候，你要看向站台方向，也就是莱比锡大街上的"威尔特海姆"那一侧。

此刻展现在你眼前的景象——人流、灯光和车流令人难以置信的穿梭流动，这就是柏林！

当公交车从莱比锡大街返回弗里德里希大街时，它就会迎来高峰期。通往弗里德里希街火车站的霓虹灯、电灯、透明招牌的灯光与如潮的人流交织在一起，开始活跃起来。

街上熙熙攘攘的人流和车流，陈列着琳琅满目商品的百货商店，招牌闪烁着的街道等，如果去掉霓虹灯的话，甚至可以相信这就是现在的柏林。顺便说一下，德国目前禁止使用霓虹灯招牌。这样的景观也充分说明了《变形记》出版当时的德国社会环境与今天多么相似。

此外，在马克思·克雷策（Max Kretzer）的小说《受骗者》（*Die Betrogenen*）中，如此描述了在 19 世纪末发展为特大城市的柏林以及在那里生活的工人：

……商铺外，已经涌动起明媚多姿的变化。伴随着尖锐的噪声和沉闷的车轮声，这个大都市的生活在明亮的晨光下跃动。公共马车的铃声响起，公交车驶过的时候发出咣当的声音，小汽车尾随其后停着。出现在人行道上的行人，就像并排粘连在一起而尾端不断掉落的明亮锁链一样。他们停下来看着橱窗，但什么也不买。环顾一下周围之后，继续向前走。他们忙碌的、缓慢的、不停歇的、茫然的、严肃的、欢快的心情——作为大都市市民彼此了解的、共同的归属感。但是对具体的每一个人却毫无所知。就这样涌到一起，又飞速地四散开来。充满生命力的大海，在波光粼粼的、闪耀的、诡谲的、如此魅惑的、布满悬崖和深渊的平地上，可怕地打着哈欠……

这就是莱比锡大街。从蒂尔加滕百万富翁豪宅的绿色花园到国王居住的城市心脏，连接到石制心脏的血脉——华丽而热情地流淌着的柏林的血脉……

时钟刚刚过了晚上 10 点。街上非常拥挤。因为今天是星期六，也就是领薪水的日子。而且这一天在城市的某些地方，是可以一直享受放荡的夜晚到星期天的日子。在这样一个夜晚，柏林呈现出另一种面貌。每一个人都笑得更加灿烂，每一张面孔都看起来更加欢快而活跃。归属于赚钱队伍的每一个人都觉得自己可以随心所欲地挥霍这 48 小时。这使得他们大胆而奔放，让他们比平时更加自由地呼吸，召唤出他们冒失的言行。

这样的夜晚，似乎每一个人都会去教堂，献祭叮当作响的硬币，以表达对亲爱的上帝创造了第七天的感激之情。未婚的工人们尤其想要得到对过去六天长时间工作的补偿。今天，他们仿佛要拍着自己鼓鼓囊囊的口袋，高高地昂起头说："今天让我们度过一个愉快的夜晚。"然后，在接下来的第三天，为了维持贫穷的生活，不得不在酒馆或是饭馆赊账，但没人在乎这个！今天，他们也要享受一次，捐上钱却去尝一尝柏林那让人陶醉的毒气。

在城郊，你可以看到那些适时地想要以酒来慰藉自己痛苦的生活，以及补偿失望的婚姻生活的人。酒馆在今天是他们的天堂，倒得满满的酒杯是他们的快乐——他们沉溺于奇异而不可理解的东西，一脸呆傻地做着梦，几乎在精神错乱的状态下进行着想象……

……他的身边走着一个衣着寒酸的女人。那是他可怜的妻子。为了等她的丈夫，在工厂门口站了很久。然后跟着他从一家酒馆走到另一家酒馆，看着他从口袋中超过十二次地掏出血汗钱来喝酒。看到他醉了，终于听到他舌头打着卷儿，结结巴巴地说话。但是她一直没有离开她的丈夫——为了丈夫要带回家的几枚硬币。因为她很清楚，除非醉到人事不省，不得不被人带回家，否则就无法说服他回家。而且家里还有几个饿着肚子的孩子。他们叫嚷着要面包。

　　哦，可怜的，可怜的孩子们……

　　在这部小说中，通过与华丽的城市形象进行对比，非常鲜明地描绘了城市贫穷的工人阶级悲惨的日常生活。资本主义社会对劳动力的剥削问题，早在19世纪中期以后就已经成了重大的社会问题。早期资本主义社会恶劣的生活条件和工作条件，以及远低于不断上涨的租金比例的工资增长率等，使得工人们难以生存。

　　到了1900年左右,43%的柏林家庭生活在一居室,

28% 居住在两居室的房子里。一间房间住八个人的情况也不少见，而且在许多家庭中，只有厨房能取暖。此外，卫生间大多位于公共花园或是楼梯间，以 1910 年为标准，每一千户中只有 137 户拥有浴室，由此可以轻易推断工人们的生活条件有多么的恶劣。

被异化之人的存在意义

但是，当负责家庭收入的人在工作中受伤或是生病，无法继续工作时，就出现了更大的问题。在人的价值只靠经济标准来判断的资本主义社会，不能工作的人就不再有任何价值了。失去劳动能力的工人很容易被其他工人所取代，然后在没有任何社会保障的情况下被搁置。对此，自然主义作家格哈特·霍普特曼（Gerhart Hauptmann）在自己的剧作《日出之前》（*Vor Sonnenaufgang*, 1889）中进行了这样的描述：

洛　特　　比如满脸汗水的劳动者在挨冷挨饿，而无所事事的懒汉们却生活得穷奢极侈，这不是颠倒了的事物吗！……

洛　特　……我现在特别清楚地想到了一桩颠倒的事。过去我一直相信，无论什么情况下，谋杀总是桩犯罪的事，应该受到惩罚。可是我后来明白：只有形式温和的谋杀才是犯法的。

洛　特　我的父亲过去是工厂师傅，我们住的地方紧靠工厂，我们的窗子就对着工厂的院子。从窗子里我可以看见工厂里的情形。有个工人已经在这家工厂干了五年，后来咳嗽得厉害，人也消瘦了下去……我父亲吃饭时跟我们说：这个工人叫鲍迈斯特，医生对他说，他如果再呆在工厂里生产肥皂就要得肺病了。可是这个工人有八个孩子，现在他精力都耗光了，到什么地方都不会找到工作的，只能在肥皂厂做下去。他还能再做下去，老板很高兴。这使人觉得老板是个很人道的人。有一天下午，是八月份，天气热得可怕，他吃力地推着一车石灰经过工厂的院子。我刚巧在窗户边向外眺望，看见他走一步站一步，最后倒在石头地上。我跑了下去，父亲也去了，其他工人也来了。这个工人只会发出临死前的呼噜声了，他满嘴是血。我帮着把他往屋里抬。他全身散发着石灰和各种各样的化学品气味，还没等把他抬到屋里，他就已经断气了。

洛　特　不到八天，我们又从河里捞出了他的妻子，工厂用过的碱液就流进这条河里。[①]

为了在这种条件下生存，工人们开始在市民活动家和政治家的帮助下让自己成为一股政治力量，并很快建立了社会主义政党，开始迅速扩大势力。我们熟知的失业保险、工伤保险等社会保障制度就是在这样的背景下诞生的。讽刺的是，在 19 世纪后期首次创建了社会保障制度这一社会主义制度的，是极力反对社

---

① ［德］格哈特·霍普特曼：《日出之前》，余匡复译，载汪义群主编：《西方现代戏剧流派作品选（第 1 卷）》，中国戏剧出版社2005 年出版。

会主义的德国首相奥托·冯·俾斯麦。

为了阻碍社会主义的发展，他一方面制定了禁止社会主义政治活动的反社会主义者法，另一方面创建了社会保障制度来改善工人的生活条件。当然，不言而喻，如果没有工人们的政治成长，就不会出现这样的制度。

得益于工人自发的努力和制度的变化，工人们的生活条件逐渐得到改善，但是无法解决更根本的资本主义问题。这首先是因为以大量生产和大量消费为基础的资本主义社会中，人类在商品的生产过程中不可避免地被排除在外。在传统的手工业生产中，从材料的采购到商品的最终完成，人都是整个生产过程的主体。

例如，如果是生产椅子的工匠，就会和学徒们一起参与从材料的采购、加工、组装木料、上色到成品的包装等所有的过程。然而，在生产椅子的工厂里，人的作用就完全不同了。在工厂工作的工人只会反复地做采购材料或是加工的工作，无法参与生产的整个过程直至见到最终的成品。批量生产的过程中，人只能参与某一个生产的瞬间，在不知道自己所做的工作有什么意义和结果的情况下，即处于与生产结果相阻断和疏远的状态下从事工作。

这时，人不再是生产的主体，而是沦为了类似生产过程中的机器零件的存在。从此，人无法在与生产相关的社会活动中找到人生的意义，失去了和被赋予了不同角色的其他人接触的契机，变得孤独无比。与生产过程疏远的人很难靠自己找到人生的意义，由此，一个人的存在意义只取决于他在生产过程中创造的经济价值。

萨姆沙的变形和劳动能力的丧失

卡夫卡正是生活在这样一个环境中，他比任何人都了解资本主义社会中出现的存在主义的焦虑。卡夫卡在 1883 年 7 月 3 日出生于布拉格一个白手起家的犹太商人家庭，是父亲赫尔曼·卡夫卡和母亲尤莉·卡夫卡的长子。他在 1910 年考入布拉格的一所德国大学学习法学和德国文学。当时的捷克共和国是哈布斯堡王朝统治的奥地利和匈牙利两个帝国的一部分。

1906年获得法学博士学位的卡夫卡，在次年，也就是1907年进入"一般保险公司"，在1908年转入"工人意外保险局"，在那里一直工作到1922年不得不因健康问题而辞职。他开始创作《变形记》是在1912年，不难猜测他的职场生活经历和在工人意外保险局工作期间了解到的案例，可能对他的小说创作产生了影响。

如果我们将《变形记》看作是对资本主义社会中任何人都可能经历的对人类异化的描写，那么这部作品中看似不可思议的各种事情就相对容易理解了。担负着整个家庭收入来源的儿子突然变成了一只甲虫，意味着他丧失了劳动能力，成了一个在资本主义社会中毫无价值的人。这在秘书主任来到他的家里劝他上班的一幕中显而易见：

"萨姆沙先生，"秘书主任提高嗓门说，"您这是怎么回事？您把您自己关在房间里，光是回答'是'和

'不是'，不必要地引起您父母极大的忧虑，还以一种简直是闻所未闻的方式疏忽了——我只是捎带提一句——您的公务职守。我现在以您父母和您经理的名义和您说话，并正式要求您立刻做出明确的解释。我感到惊讶，我感到惊讶。我原以为您是个文文静静、明达事理的人，可是现在您似乎突然要耍怪脾气了。虽然今天早晨经理向我暗示了您不露面的原因——他提到了最近委托您收取的那笔现款，但是我确实几乎以我的名誉向他担保这根本不可能。可是如今我在这里看到您执拗得简直不可思议，我完全失去了任何兴致，丝毫也不想替您去说项了。您在公司里的地位绝不是最牢固的。这些话我本来想私下里对您说的，但是既然您在这里白白糟蹋我的时间，我就不知道，为什么令尊和令堂就不可以也一起听听呢。近来您的成绩令人很不满意；现在虽然不是做生意的旺季，这一点我们承认；但是不做生意的季节是根本不存在的，萨姆沙先生，是不允许存在的。"[1]

---

[1] ［奥］卡夫卡：《变形记：卡夫卡中短篇小说集》，张荣昌译，上海译文出版社 2012 年出版。——译者注

萨姆沙因为突发的意外情况无法去上班。但是，秘书主任之所以立即来找他，并不是因为担心他，或是想要了解他是否有什么健康问题。秘书主任来找萨姆沙是为了确认他是不是打算携款潜逃，而且想要通过当着他父母的面告知萨姆沙的业绩不佳，随时可能会丢掉工作，来强迫他去上班。

　　从秘书主任的态度来看，萨姆沙的变形并不是一个单纯的离奇事件，或是引发人同情的事故，而是意味着不可逆转的劳动能力的丧失。从此，他将失去工作，再也赚不到钱了。这是一种没有对策的状况。现在唯一的问题就是家人了。

　　萨姆沙放弃了自己的人生而竭力扶养的家人——父亲、母亲和妹妹，在萨姆沙丧失了经济价值之后会怎样对待他呢？对他们来说，萨姆沙作为家庭成员的价值仍然重要吗？从经济意义来看，他们会怎样看待从一家之主变成了需要被扶养的家庭成员的萨姆沙呢？这就是这部作品的核心问题。

最极端方式的故事发展

一开始，三个人的反应是略有不同的。看起来妹妹对哥哥的感情最深。她偷偷地给变成甲虫的哥哥带来一些他可能喜欢的变质食物，在父亲和母亲对格里高尔毫不遮掩地表现出反感的时候，也曾试图保护哥哥。然而到了最后，以最坚定的态度将哥哥和甲虫区别开来的，却也是妹妹。

"亲爱的父母，"妹妹边说边用手拍了拍桌子算作引子，"这样下去是不行的。你们也许不明白这个道理，我明白。我不愿意当着这头怪物的面说出我哥哥的名字来，所以只是说：我们必须设法摆脱它。我们照料它，容忍它，我们仁至义尽了嘛，我认为，谁也不会对我们有丝毫的指责。"①

母亲是在格里高尔变成甲虫时最为震惊的人。然

① ［奥］卡夫卡：《变形记：卡夫卡中短篇小说集》，张荣昌译，上海译文出版社 2012 年出版。——译者注

而，母亲为了将房屋出租而打扫格里高尔房间时的表现，让人无法分辨出她是因为失去儿子，还是因为预感到即将面临的经济问题而备受打击。这是因为在她清理房间里的家具时，对变成甲虫的儿子没有表现出丝毫的关心。

此外，父亲是对变成甲虫的格里高尔最怀有敌意的人。父亲一开始就对变成甲虫的格里高尔表现出了强烈的反感，为了恐吓爬出房间的格里高尔，朝他扔了苹果，其中的一个苹果陷进了他的身体，最终导致了格里高尔的死亡。

虽然对待格里高尔的态度稍有不同，但他们最终任意地断定那只甲虫不是格里高尔，当格里高尔死亡时，他们没有表现出一点同情，而是以喜悦的心情开始规划自己的未来。

随后三个人便一起离开寓所，他们已有好几个月没这样做了，他们坐电车出城到郊外去。这辆电车里只有他们这几个乘客，温暖的阳光照进了车厢。他们舒舒服服靠在椅背上商谈着未来的前景，结果表明，仔细一考虑，他们的前景一点儿也不坏，因为他们彼此还从未询问过各自的工作，原来这三份差使全都蛮不错，而且特别有发展前途。目前最能改善他们状况的当然是搬一次家；他们想退掉现在这幢还是由格里高尔挑选来的寓所，另租一幢小一些，便宜一些，但是位置更有利，尤其是更实用的寓所。就在他们这么闲谈着的当儿，萨姆沙夫妇一眼看到他们这位心情变得越来越轻松愉快的女儿时几乎同时发现，最近的种种忧患尽管使她的面颊变得苍白，但她还是长成一个美丽、丰满的少女了。默不作声、几乎下意识地交换着会意的目光，他们想到，现在已经到了也为她找一个如意郎君的时候了。当到达目的地时，女儿第一个站起来并舒展她那富有青春魅力的身体时，他们觉得这犹如是对他们新的梦想和良好意愿的一种确认。①

---

① ［奥］卡夫卡：《变形记：卡夫卡中短篇小说集》，张荣昌译，上海译文出版社 2012 年出版。——译者注

这一情节以戏剧性的方式向我们展现了资本主义异化状况已经波及家人，经济价值也在影响着亲情。但对于这种情况，我们能指责萨姆沙的父母和妹妹吗？家庭成员之间的关系不是由个人的性格决定的，而是由资本主义的社会经济体系决定的。从这一点来看，我们无法将萨姆沙的父母和妹妹当成指责的对象。

　　在这部作品中，人类异化问题以这种我们能够想象到的最极端方式发展。因为人变成甲虫而失去劳动能力的情况在现实中是不可能出现的。然而，其结果却是极其现实的。

《变形记》
邀请你进入奇幻文学

卡夫卡的世界和奇幻文学

《变形记》之所以特别，并不仅仅是因为这部作品涉及的是资本主义社会中人类异化的问题。而是因为它以非常独特的方式，并且比任何作品都有效的方式对这一问题进行了描述。《变形记》对人类异化进行描述的特别之处，首先在于人变成了"甲虫"这一设定。这让它成了一个颠覆自然法则的超现实事件，从而使《变形记》落入奇幻文学的范畴。虽然卡夫卡的这篇离奇的小说完全不符合传统奇幻文

学的特点。^①

　　第一篇出现超自然事件的奇幻文学最早出现在18世纪的英国。该作品是英国的政治家兼小说家霍勒斯·沃波尔（Horace Walpole）在1764年出版的小说《奥托兰多城堡》（*The Castle of Otranto*）。但是，现代形式的奇幻文学是在启蒙运动时期之后，也就是在反对理性中心主义的过程中出现的另一种文艺思潮——浪漫主义时期首次迎来了鼎盛期。

　　这一时期奇幻文学最具代表性的作家是恩斯特·特奥多尔·霍夫曼，出版了以原创芭蕾舞剧闻名的《胡桃夹子和老鼠王》（*Der Nussknacker und der Mausekönig*，1816），以及因弗洛伊德的分析而闻名的短篇小说《沙人》（1816），长篇小说《布拉姆比拉公主》（*Prinzessin Brambilla*，1820）、《雄猫穆尔的生活

---

① 　卡夫卡被公认为西方现代主义文学的先驱，笔下的人物及故事通常是现实的异乎寻常的变形或扭曲，以荒诞无稽的情节与绝对真实的细节相结合，来表现"现代人对社会的陌生感、孤独感与恐惧感"。因此，与洪振豪将卡夫卡《变形记》等作品纳入"奇幻文学"范畴有本质上的不同。——编者注

观 》（*Lebens-Ansichten des Katers Murr*，1819/1821）
等作品，引领了奇幻文学的第一个鼎盛期。

有意思的是，奇幻文学的第二个鼎盛期出现在 19
世纪末至 20 世纪初，同样是在理性和科学成为促进社
会发展的驱动力之时。在这一时期，古斯塔夫·梅伦克
（Gustav Meyrink）、阿尔弗雷德·库宾（Alfred Kubin）、
汉斯·海因茨·埃韦斯（Hanns Heinz Ewers）、赫尔
曼·翁加尔（Hermann Ungar）、维尔纳·贝根格林
（Werner Bergengruen）、弗里茨·冯·赫茨马诺夫斯基 -
奥兰多（Fritz von Herzmanovsky-Orlando）等众多作家
出版了种类丰富的奇幻文学作品。

长期以来，学者们一直在探讨这些传统的奇幻文
学作品与其他文学作品的区别。在所有的奇幻文学作
品中，都会出现颠覆了自然法则和现实法则的超自然
事件，但不能说只要一部作品中出现了超自然事件，
那么这部作品就是奇幻文学。

比如在一首诗中，诗中的"我"说："我每晚都张
开爱的翅膀飞向你。"但这并不能说这首诗属于奇幻文

学。这是因为，这里的"张开翅膀"并不代表着真正的飞翔，而是在比喻"心中思念着远方的恋人，而想象着找过去"。

此外，以"很久以前，有一个国家生活着国王和王后"开头的童话故事中，无论出现多么超自然的事件，也很难被归类到奇幻文学里。这是因为，这些故事是以不同于我们生活的现实世界、以未知的时代和地点为背景的，在那里出现魔法和超自然事件被认为是不足为奇的。考虑到这些，我们可以将奇幻文学的基本特性概括为"一部在我们生活的现实世界中发生的超自然事件的小说"。

超自然事件制造的"世界裂缝"

因为这一特点，奇幻文学具备了几个共同特征。在我们生活的现实世界中发生超自然的事件，意味着决定了我们生活的世界和日常生活的法则被颠覆，这也可以理解为，我们世界中看似稳定的秩序随时有可能被打破。如果说奇幻文学具有批判现实的性质，那是因为这些超自然事件导致的"世界裂缝"。

一般来说，在传统的奇幻文学作品的开头部分会发生超自然的事件，查明这是真正的超自然事件，还是发生了"难以解释却有可能发生的事件"就成了作品的主要情节。在此过程中，作品揭露了现实的法则和规律是如何被颠覆的，看似稳固的世界秩序是多么容易失衡。

然而，正如我们所熟知的，与设计了批判社会主题的严肃文学作品相比，当今的奇幻题材更常用于容易被消费的大众文学中。这样的文化潮流虽然在很大程度上受到了 20 世纪 50 年代《指环王》的成功和 90 年代《哈利·波特》在各种媒体上的巨大成功的影响，但这也是因为奇幻素材具有的基本性质。

就像前面说明的一样，颠覆现实法则的超自然事件，虽然揭露了现实秩序的不稳定性，但它也具有将小说的主题和读者的视角从现实中剥离出来的性质。而且，远离与个人利益纠缠的复杂现实是更易于被消费的大众文化的核心属性，考虑到这点的话，包括奇幻文学在内的奇幻类型成为当今商业化的大众文化中备受瞩目的现象，也就不足为奇了。

当我们在大荧幕上看到身材矮小却拥有大脚，又很善良的霍比特人的小镇时，当读到哈利·波特轻松穿过国王十字车站的柱子登上前往霍格沃茨的火车时，我们就会知道，在我们眼前展开的是与我们的现实生活完全无关的、由自由想象创造的完全虚构的世界中的故事。然后，我们就会从脑中挥之不去的社会、政治问题和个人问题中解脱出来，尽情享受津津有味的故事了。

在奇异的幻想中描绘的现实

那么，如果从奇幻文学的角度来看，卡夫卡的《变形记》是一部什么样的作品呢？和传统的奇幻文学作品一样，《变形记》是以一个超自然的事件开始的。那就是主人公萨姆沙变成了一只"甲虫"。这样的超自然事件有两种发展的可能性：一是通过颠覆现实法则来揭示现实秩序的不稳定；另一则是通过将读者的视线引入虚幻的世界来制造与现实的距离感。

突然从人变成甲虫的情况，并不像赫夫曼的《沙人》中在理性统治的世界里，一个虚构中存在的沙人出现并威胁要夺走主人公的眼睛一样，破坏了主导社会的秩序。《变形记》也不像电影《变蝇人》一样，设定了诸如"在进行传送器研究的过程中一只苍蝇飞了进去"等具有一定逻辑的背景，而是在没有出现任何背景介绍的情况下，让一个人突然变成了一只甲虫。这种设定让读者认识到，虽然作品中的世界与现实类似，但却是与我们生活的世界完全不同的一个世界。于是，读者们就可以从复杂的现实中抽身出来，带着轻松的心情做好欣赏作品的准备了。

然而，《变形记》这一作品中的世界与传统的奇幻文学中的世界是有些不同的。通常来说，传统的奇幻文学中出现的世界虽然是虚构的，但往往被认为与读者们生活的世界是相同的。这一方面是因为世界的面貌与现实世界是一样的，另一方面也是因为支配作品中世界的自然法则和日常法则与现实世界的也是相同的。因此，作品中的世界一旦出现超自然事件，作品中的人物就会和作为读者的我们一样感到惊讶或是震惊，并试图用自己的知识和逻辑来解释这种超自然事件。

但是，在《变形记》中出现的人物没有一个人对萨姆沙变成甲虫感到惊讶。虽然他们对于这种可怕事情的发生感到难过和惋惜，但他们的反应和态度就像看到一个人得了重病或是遭遇了车祸一样，完全不是我们预料的那种目睹违反自然法则的事件时会出现的反应。即使是萨姆沙也没对自己的变形表现出过多的惊讶。

这种表现就像我们经常在童话故事中看到的一样。比如，当故事中出现了镜子中映出世界上最美丽的女人，或是一个美丽的王后在服用魔法药之后变成一个老妇人等场景时，在童话世界中没有人会感到惊讶，童话故事的读者们也同样不会感到惊讶。童话故事中"很久以前的一个王国"是一个拥有着与我们生活的世界完全不同的法则、与现实世界毫无关联的独立世界。

然而，《变形记》中的世界并不具备这种童话世界的独立性和封闭性。《变形记》中出场的萨姆沙的家庭具有当时欧洲普通家庭的面貌，虽然没有具体说明，但它既不是"很久以前的一个王国",也不是像《中土世界》一样被设定为一个"有些不同的地方"。换句话说,《变形记》的世界是一个进入现实世界中的童话世界一样,将魔法或是超自然事件看作再平常不过的人们生活的现实世界。

日常的奇幻,拓宽奇幻文学的视野

没有任何铺垫而出现的超自然事件,以及在现实背景下对超自然事件丝毫不感到惊讶的人物们。通过在以往的奇幻文学中没有的全新方式对熟悉的元素加以组合,就是作为奇幻文学的《变形记》最显著的特点,同时也是将《变形记》定义为奇幻文学的最重要的标准。

《变形记》通过没有任何铺垫的超自然事件,并引入对此毫不感到惊讶的人物,使读者远离了现实世界,然而它又对除此之外其他的作品中世界的描述保留了现实世界的外表。当我们去想接下来的情节发展时就会发现,这是一个非常有意思的设定。

在超自然事件发生之后,变成甲虫的萨姆沙因为无法与家人进行沟通，因此逐渐被家人疏远，后来他又被家人视为负担，最终死去，这些让作品中的世界在性质上发生了变化。换句话说，将超自然事件看成理所应当的作品中世界，并不仅仅是从表面上看起来像现实的虚幻世界，而是比我们所生活的世界更加现实的、以更加戏剧性的方式呈现出现实的矛盾和问题的、变了形的现实世界。

卡夫卡使用了"变身为甲虫"这一超现实的象征，着重强调了现实世界的矛盾。此外，他通过一个超自然事件让读者从现实世界的背景中抽离出来，却又在不知不觉中拉近了与现实世界的距离，并且突然将现实世界的矛盾抛在了读者的眼前，从而再一次以令人震惊的方式让读者认识到一向非常熟悉的或是无可避免的现实问题。

通常被称为"日常的奇幻"的卡夫卡的新奇幻对之后的奇幻文学产生了非常大的影响。比如，电梯门一打开就看到两个男人站在门前，或是乒乓球从天而降，又或是一个非常美丽而纯真的女人晾着衣服就突然升天等突发状况，但在作品中的世界却没有引发任何惊奇的离奇事件，可以说都是受到卡夫卡的影响而写成的"卡夫卡式奇幻"。

当然，在这些奇幻作品中，很难再找到像卡夫卡一样，将奇幻如此有效地用于让读者们认识到现实的矛盾和问题。但是，毋庸置疑的是，卡夫卡自由奔放的、离奇的想象极大地拓宽了奇幻文学表达的可能性，从而使其走上了意想不到的方向。

如果《乡村医生》
根本无解

无法容忍任何解析的《乡村医生》

目前为止，我们已经将《变形记》解析为一部探讨生活在资本主义社会中人的异化问题的作品。但是，这当然只是众多解析中的一种罢了。我们还能够以更多的方式解析《变形记》，比如一个照顾患有绝症的家人的故事，或者是一个描述在现代社会通过语言进行沟通的局限的故事等。

正如我们多次提到的那样，文学作品的解析是没有正确答案的。但是一般来说，在考虑作品出版时的社会背景、作者的个人经历，或是作品内部逻辑等的过程中，在众多可能的解析中有一两个解析往往比其他解析更具有说服力。但是，卡夫卡创作的大多数小说，无论从哪种角度去考虑，都找不到任何一个解析是比其他的解析明显更具有说服力的，甚至一部分作品看起来根本就不允许进行任何的解析。其中，最具代表性的作品就是《乡村医生》。

《乡村医生》是一部篇幅很短小的短篇小说，情节非常之荒诞。在一个风雪交加的夜晚，一位乡村医生被请去为一个危重的病人看诊。急着出发的医生意识到自己的马在前一晚已经死了。医生的女仆罗莎在村子里到处借马，但都没能借到。这时，一个马夫突然出现在一筹莫展的医生面前，从医生的马厩中拉出了两匹马。医生竟然不知道马厩里有马，备感疑惑的医生一坐上马车，马夫就启动了马车，却不顾医生的威胁袭向了女仆。

马车像长了翅膀一样飞驰，瞬间到达了病人家。一个男孩躺在那家的床上，却没什么看起来像生病的症状。而在感到惊讶的医生面前，人们齐声合唱，并让医生为男孩诊治。医生突然在男孩的身体一侧发现了一个可怕的伤口。人们脱下了医生的衣服，把他放在了男孩旁边。男孩对医生说自己带着一个美丽的伤口来到了世上，却无法被治愈。而医生在假意安慰了男孩后，将自己的衣服扔出窗外，挂在了马车上，然后自己也跳出窗户，光着身子坐着马车逃走了。

"我不是自己房子的主人"

这个故事与《第672夜的童话》类似，是个不经解析就无法理解其意的故事。但是，《第672夜的童话》起码是一部情节合理而完整的小说，而《乡村医生》却是由一系列不合理的突发事件组成的。

诸如，突然出现了一个马夫，医生家的马厩里又有着两匹本不应该存在的马，或者载着医生的马车冒着暴风雪瞬间到达病患的家，而病患的家人突然齐声合唱，还脱下了医生的衣服将他放在男孩的床上，又或者医生光着身子坐上马车逃跑，而马车又迷了路，四处飘荡，等等。这些事情虽然很难被说成是超自然事件，但非常不合常理，以至让人感觉颠覆了一切支配我们日常的规律和法则。

如果说存在这么一部没有超自然事件发生的奇幻文学作品的话，也许第一个被提及的就是《乡村医生》了。读了这部作品的读者首先会对如此不可思议的荒诞情节感到惊讶，很快就会因不知道要如何理解这部小说而感到迷茫。如果是一个接受过训练的读者，知道想要理解一部文学作品就要对作品进行"解析"的话，那么他可能会更加感到困惑。

这种困惑通常会成为批判一部作品的依据，但卡夫卡的作品与其他不合理的小说却是不同的。由于事件发展得如此不合常理，因此整体上就构成了一个荒诞而又扭曲的文学世界，而且呈现出的表象非常一致，让人觉得在不合理的情节背后是不是隐藏着其他的内涵。

正因为如此，卡夫卡看似不合理的情节和无法容忍解析的故事，对许多研究者来说反倒颇具吸引力，由此源源不断地涌现出与卡夫卡的作品一样充满创意而有趣的解析。例如，对于看起来根本无法解析的《乡村医生》，一些研究者给出了如下有趣的解析：

解析的线索是这部作品开篇出现的陈述。在马夫从马厩里牵出两匹马的场景中，医生的女仆苦笑着说出了这样的话：

……女用人站在我身旁，"一个人往往不知道自己家里还有什么存货。"她说，我们俩都笑了。[1]

研究者们之所以关注这段引文，是因为这个陈述跟弗洛伊德早在《乡村医生》出版前一年发表的论文《精神分析的难点》（*Eine Schwierigkeit der Psychoanalyse*）中的一句话非常相似。

"我"不是自己房子的主人。

弗洛伊德在这里通过房子这一比喻来揭示我们的自我永远不会知道在我们脑海中发生的所有事情这一

---

[1] ［奥］卡夫卡：《变形记：卡夫卡中短篇小说集》，张荣昌译，上海译文出版社 2012 年出版。——译者注

事实。就像我们在前面提及的，在我们精神中占据最大部分的是被超我所控制和抑制的无意识，也就是欲望领域，徘徊于超我和本性欲望之间的"我"，只能通过梦等去间接了解一部分在无意识领域中发生的事情。因此，如果"自我"是生活在精神这一"房子"中的"某人"，那么我们的自我最终是无法成为"房子"的主人的。

乡村医生的荒诞故事会不会是一个梦？

许多研究者从这一比喻中寻找以精神分析学解析《乡村医生》的切入点。事实上，如果从精神分析学的角度来看这部小说的话，小说中很多看似不可思议的部分似乎就开始显得颇具意义了。如果将医生看作"自我"，医生的家看作"精神"的话，那么突然出现并袭击罗莎的马夫和象征男性的马就可以被解释成隐藏在乡村医生无意识中的（对罗莎的）性欲的拟人化形态。

考虑到"自我"发挥着控制欲望的作用，乡村医生乘坐马车去给病人看诊的场景可以看作是为了实现欲望，马和马夫联手驱逐了控制欲望的自我。从这个角度来看的话，就能在一定程度上对后面的离奇场景进行解析了。

我们首先可以假设这一切发生的地方是一个梦境或是与梦境类似的情境。这是因为，根据弗洛伊德的观点，梦是控制欲望的意识被削弱时在无意识中一直被抑制的欲望显现出来的地方。即使在梦境中，欲望也不是直接表现出来，而是以马和马夫的形态来表现出隐藏在自我的另一个形象——乡村医生的无意识中的欲望。

假设乡村医生的故事是一场梦，那么瞬间移动至其他地方这类荒谬的事情也就说得通了。我们经常在梦里面经历眨眼之间转换到另一个地方的情形。因此，乡村医生一坐上马车就到达病患家的这一场景，让我们好像在以第三者视角观察自己梦境。即使在一开始没有发现这点，但是当两匹马将脸探进窗户之后才注意到少年伤口的情节，也让事件的发展显得非常不符合常理，同时也破坏了内部的逻辑，让这些情节看起来很像梦里面会出现的。

然而，当我们从精神分析的角度去解析作品的时候，两匹马将脸探进窗户的场景就显得意味深长了。这是因为，象征着男性的马的突然出现，就可能意味着欲望的表露或是欲望的爆发。

可以证明这一解析的是，在马再次出现之后，少年的伤口才被注意到，这个伤口不仅具备象征着女性生殖器的"洞"的形态，而且颜色也是粉红色的。在德语中，"粉红色"与小说中女仆的名字"罗莎"是同一个词。这一场景也可以理解为，随着欲望的显现，作为欲望对象的女仆罗莎也以伤口的形式出现了。

然而，这个欲望是无法被满足的。这是因为，象征着自我的乡村医生的作用并不是满足欲望，而是防止欲望的泛滥。为此，乡村医生采取的方法是：第一，远离欲望的对象；第二，将马再次用作移动工具，即控制马。因此，他将他的衣服——隐藏欲望的重要文明工具——扔出了窗外，并急忙以赤裸的状态从窗户逃了出去，坐上了马车。这也是在逃离粉红色的伤口。

卡夫卡与弗洛伊德

乡村医生并不打算就这样回到由马夫统治的家。而且，两匹马也不会按照他的意愿前行。这是因为在这个像梦境一样的、作为无意识空间的作品中的世界中，我们无法去随意控制象征着欲望的马。由此构造的景象是非常荒诞不经的。

……赤身裸体，冒着这个最不幸的时代的严寒，乘坐着人间的马车，套着非人间的马，我这个老人四处漂泊。我的皮大衣吊在后面马车上，但是我够不着它……①

在风雪交加的荒原上，两匹马拉着一辆马车恣意奔驰，而马车上坐着一个不知所措的、赤身裸体的乡村医生。医生的外套被挂在马车后面拖拽着，医生却

---

① ［奥］卡夫卡：《变形记：卡夫卡中短篇小说集》，张荣昌译，上海译文出版社 2012 年出版。——译者注

够不到外套去穿上。乡村医生虽然逃离了欲望，但最终只能赤裸地坐在马车上被欲望拉着到处徘徊。

这个荒诞的场景，与弗洛伊德的精神分析法中无法控制欲望的自我在风雪交加的荒原上徘徊的情形何其相像？那么，卡夫卡是否在《乡村医生》中描述的就是徘徊在无法控制的欲望和控制的意志之间自我的样子呢？

这个解析显然很有意思。但它具有说服力吗？要想使这一解析具有说服力，那么就要证明卡夫卡读过弗洛伊德那篇写有"我不是自己房子的主人"这句话的论文，或者至少对精神分析学感兴趣。但遗憾的是，这样的证据无处可寻。

当然，因为卡夫卡在创作这部小说的时候，弗洛伊德和他的精神分析法已经享誉世界，所以卡夫卡很可能知道弗洛伊德。但是，仅依靠这点很难证明这个解析令人信服。这意味着这种精神分析学式的解析对"正确"理解卡夫卡的作品并没有很大的帮助。

然而，这并不意味着这种解析没有任何意义。卡夫卡的作品本身就很趣味无穷，而这种解析无疑使无法完全理解的卡夫卡的众多荒诞作品变得更加充满趣味，它们唤起了读者脑中更加有趣的各种想象和解析。

原封不动去接受的"卡夫卡式"

到目前为止，我们已经探讨了卡夫卡的两篇离奇的作品，并了解了以何种方式解析这些作品。聪明的读者想必已经注意到了，这种解析与我们一起探讨过的其他作家的小说相比，在意义上有所差别。

卡夫卡的作品无法容忍正确答案式的解析，但这并不意味着无法接受解析本身。与之相反，卡夫卡的作品引发了无数的解析。它们只是无法容忍其中的任何一个成为正确答案罢了。因此，解析卡夫卡的作品，与其说是正确理解作品的方式，不如说是欣赏作品的方式。

在德语中有这样一个词"kafkaesk"。它是一个形容词和副词，意为"卡夫卡式"。如果非要解释它的含义，那它将是"离奇的，难以理解其意的"。这可能是因为卡夫卡的作品具有无法用现有的词语去解释的独特性质，所以这个词应运而生并被广泛使用。

卡夫卡非常之特别。他虽然将生活在现代社会中的人无法不产生共鸣的生活形态以荒诞的故事加以具象化，但无论在什么情况下，都无法用一个解析或是一种理解来定义他。我们应该依照卡夫卡原有的、离奇且无法理解的方式去阅读和欣赏。在这种情况下，解析只是一种增添乐趣的方式。卡夫卡为我们提供了一种全新的阅读方式。

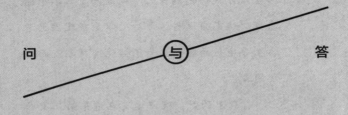

奇幻文学和科幻文学有什么关系？

从概念上看，两者是有区别的：奇幻文学是指发生颠覆自然法则的超自然事件的文学；科幻文学则是虽然目前不可能，但是在科学和技术的发展为前提下，未来可能实现的文学作品。然而，因为"未来可能"的技术意味着现在来看是接近超自然的，所以奇幻文学和科幻文学的界限很模糊。

从文学角度来看，奇幻文学在浪漫主义时期迎来了第一个鼎盛期，在自然科学和科学思维方式备受瞩目的时期迎来了第二个鼎盛期。这充分说明，奇幻文学是在理性思考占主导地位的时期，为了摆脱这种潮流而出现的文学。

有意思的是，浪漫主义在迎来第二次鼎盛期的时期，恰逢由创作了《海底两万里》（*Vingt mille lieues sous les mers*）的法国作家儒勒·凡尔纳（Jules Verne）引领的科幻文学迎来第一个鼎盛期。

19 世纪后期的科幻文学，一方面展现了当时人们对自然科学的狂热；另一方面也告诉人们，在以自然科学作为基础的情况下，创造出奇幻文学这一摆脱现实的渴望，能够朝着什么方向发展。

卡夫卡为什么经常出现在如加布里埃尔·加西亚·马尔克斯（Gabríel Garcia Márquez）的《百年孤独》（*One Hundred Years of Solitude*）或是村上春树的《海边的卡夫卡》（『海辺のカフカ』）等当代文学作品中？

众所周知，卡夫卡深受世界各地众多作家的喜爱，并为他们提供了灵感，甚至被称为"作家们的作家"。虽然很难从一般的角度去解释，但我们可以推测，这是因为卡夫卡作品的主题以一种适合生活在当今社会的现代人的方式，触动了他们的内心。

据说，20世纪初活跃于捷克和德国的卡夫卡，为生活在20世纪中期、远在数千公里外的哥伦比亚的青年马尔克斯提供了让他决

心成为一名作家的契机。这可以说是体现了
卡夫卡所具有的特殊现代性和特殊一般性的
很好的例证。

要想更好地理解世纪转折期，还有哪些作品值得一读呢？

虽然在本书中没有涉及，但我强烈推荐
托马斯·曼在世纪转折时期创作的作品。虽
然《布登勃洛克一家》(*Buddenbrooks*)、《魔
山》等作品难度相对来说比较高，但《托尼
阿·克略格尔》(*Tonio Kröger*)、《死于威尼
斯》(*Morte a Venezia*) 等中短篇小说，都是
理解起来比较容易的、充满趣味的作品。此
外，奥地利作家施尼茨勒的作品，例如剧作
《轮舞》、《阿纳托尔》(*Anatol*)，小说《古
斯特少尉》(*Leutnant Gustl*)、《梦幻故事》

（*Traumnovelle*）等都是非常有意思的作品。除此之外，如果想要了解这一时期的德语文化圈的社会和文化，那么也可以去读一读美国历史学家卡尔·修斯克（Carl E. Schorske）的普利策奖获奖作品《世纪末的维也纳》（*Fin-de Siecle Vienna*）和笔者的拙作《欲望人类的诞生》。

读书，最有趣的智力探险

　　这个世界上真是有太多有意思和充满乐趣的事物了。而且，为了体验这些乐趣和兴味，我们需要做的事情也相当丰富多彩。你可以简单地翻开一本书，或是坐在舒适的椅子上将身心投入展开在眼前的文字和场景中，又或者不放过任何一句话或是一个场景，专注于庞大的智力活动。我们通常称为经典或是名著的文学作品，大多属于后者。这是因为在大多数情况下，需要我们通过解析找到隐藏在情节背后的故事，才能真正欣赏得到作品的意趣。

　　但其实，解析作品并不是非常难的一件事。我们在日常生活中就已经在不断地进行着解析这一智力活动了。在日常对话中听到的话语，或是在各种地方通过看到的广告语和新闻等接触到的政客的言论等，需要通过解析过程才能正确理解它们所包含的信息的我们，不是正在无数的经历中体验着解析吗？

文学作品的解析也是异曲同工的。只要我们知道解析的必要性并掌握了解析所需的信息，那么一直以来看似枯燥难懂的文学作品，就会变得更加有意思又充满魅力。一旦熟悉了解析文学作品方法，我们还能获得更加清楚地解析日常生活以及接触到的社会、文化、政治现象的能力。古典文学最大的教育效果之一就在于此。

需要通过智力活动去欣赏不易消费的文学作品的契机是因人而异的。有些人会沉迷于西方名著中的某句话或是某个场景中，有些人则会被作家的魅力所吸引从而开始探索他的小说，而另一些人也会像我一样，不去考虑作家的意图，随心所欲地受到感动，而一脚踏入古典文学的世界中去。

在这篇文字的结尾，我谨愿这部书能够成为读者从德语小说，乃至西方小说和韩语小说中获得到乐趣和兴味的契机。

文学，我们最后的避难所。

이토록 매혹적인 고전이라면

版权登记号：01-2022-2758

图书在版编目（CIP）数据

当我们彷徨又自由：德国文学通识讲义 / （韩）洪振豪著；南晶惠译 .-- 北京：现代出版社，2022.9
ISBN 978-7-5143-7155-0

Ⅰ . ①当… Ⅱ . ①洪… ②南… Ⅲ . ①文学研究－德国 Ⅳ . ① I516.06

中国版本图书馆 CIP 数据核字（2022）第 084867 号

当我们彷徨又自由：德国文学通识讲义

著　　者　［韩］洪振豪
译　　者　南晶惠
责任编辑　赵海燕　朱文婷
出版发行　现代出版社
通信地址　北京市安定门外安华里 504 号
邮政编码　100011
电　　话　010-64267325　64245264（传真）
网　　址　www.1980xd.com
印　　刷　三河市国英印务有限公司
开　　本　787mm×1092mm　1/32
印　　张　8.5
字　　数　113 千字
版　　次　2022 年 9 月第 1 版　2022 年 9 月第 1 次印刷
书　　号　ISBN 978-7-5143-7155-0
定　　价　49.80 元